Josefine Wittenbecher

Adelheid von Besselich

Josefine Wittenbecher, geboren 1939, lebt in Wittlich. Autorin mehrerer erfolgreicher Mundartbücher, darunter »Eine moselfränkische Bibel«.
Veröffentlichungen in hochdeutscher Sprache: »Die Farbe der Azaleen. Erzählungen«, 2000, »Feuer am Fluss – Der Fall Eva Zeihen, Roman, ^{2}2004, »Tödliche Feuer – Der Fall Dietrich Flade«, Roman, 2007, »Die Frauen von Stuben«, Roman, ^{4}2010.

Josefine Wittenbecher

Adelheid von Besselich

Bürgerin von Trier

Roman

Porta Alba Verlag

Umschlagabbildung und S. 179:

Liebfrauenkirche Trier, Säule des Judas Thaddäus mit dem Stifterbild der Adelheid von Besselich und des Clas von Zerf

Foto: Rita Heyen, Amt für kirchliche Denkmalpflege

Die Deutsche Nationalbibliothek verzeichnet diese Publikation in der Deutschen Nationalbibliografie; detaillierte bibliografische Daten sind im Internet über http://dnb.d-nb.de abrufbar.

ISBN 938-3-933701-46-6

Druck: AZ Druck und Datentechnik GmbH, Kempten

Prolog

Man schrieb den 10. März 1512, als Kaiser Maximilian mit seinem Gefolge von Koblenz her auf der Mosel ins Trierer Land kam. Unterwegs hatte er an vielen Orten entlang des Flusses Station gemacht, nun war er am Ziel seiner Reise angekommen. Für den 3. April hatte er zum Reichstag nach Trier geladen. Die Mächtigen des Landes, die weltlichen und die geistlichen Herrscher, wurden erwartet, dazu die Vertreter der Reichsstädte.

Maximilian kannte die Stadt schon seit langem. 1473 hatte hier ein Fürstentag stattgefunden; als Vierzehnjähriger war er im Gefolge seines Vaters mit dabei gewesen. Für die Unterbringung, Versorgung und Bewirtung der hohen Herren waren damals die Bürger verantwortlich, die vornehmen Herren weigerten sich, die Kosten zu übernehmen. Bei ihrer Abreise hinterließen sie der Bürgerschaft nichts als Schulden. Die Stadt befand sich im Niedergang, ohne Hoffnung waren die Menschen. Missernten führten zu Hunger und Not. Seuchen brachen aus und forderten zahllose Opfer. Die einst prachtvollen Bauten der Römerzeit, längst verfallen, wurden von jedermann dazu benutzt, nach eigenem Bedarf Steine herauszubrechen und davonzutragen. Unbewohnte Bürgerhäuser verkamen zu Ruinen. Gestrüpp überwucherte die Lücken in den Häuserzeilen, unbehaustes Gesindel suchte in den Mauerresten Unterschlupf. Immer schwieriger wurde es, die Ordnung im täglichen Leben aufrecht zu halten.

Für die Zeit des kaiserlichen Besuchs wurden jetzt besondere Regelungen getroffen. Die Wachen an den Toren wurden verstärkt. Die Zünfte waren verpflichtet, bewaffnete Männer zu stellen, die auf der Stadtmauer bei Tag und bei Nacht ein wachsames Auge auf die Stadt haben mussten. Offene Feuer waren verboten, Löschwasser musste für den Fall eines Brandes in kleinen Teichen vor der Stadt gespeichert werden. Die Sauberkeit in den Gassen und auf den Plätzen erforderte strenge Maßnahmen, denn Mäuse, Ratten und anderes Ungeziefer nahmen überhand. Bei Strafe war es verboten, jeglichen Unrat, wie sonst üblich, auf die Straße zu schütten. Verboten war es auch, Schweine, Ziegen und Hühner dort laufen zu lassen. Der Dreck und der Gestank waren den hohen Herrschaften und ihrem Gefolge nicht zuzumuten. Für Unterkunft und Verpflegung der Gäste, auch der vielen Pferde, mussten wieder einmal allein die Bürger aufkommen. Schänken und Herbergen waren bald überfüllt, wohlhabende Bürger wurden verpflichtet, die besten Räume ihrer Wohnungen den Fremden zu überlassen. Es war eine kräftezehrende Anstrengung für die Bevölkerung, die Bedürfnisse der Gäste zufriedenzustellen.

Es war an einem Freitagabend, als das Schiff des Kaisers am Moselufer anlegte. Er bestieg sein Pferd und ritt mit seinem Gefolge in die Stadt ein; 400 Pferde gehörten zu seinem Tross, der aus ungefähr 800 Personen bestand.

Maximilian hatte mit Bedacht zu diesen Tagen um das Osterfest nach Trier eingeladen. Gerade nahe der Grenze zu Frankreich wollte er seine Macht demonstrieren. Zudem konnte es seiner Legitimation als Allerchristlichster Kaiser nur nützlich sein, seine Frömmigkeit vor den Augen der Öffentlichkeit kundzutun. Die im ganzen Reich und darüber hinaus berühmten Trierer Heiltümer wurden alljährlich zur Osterzeit den Gläubigen gezeigt. Der Kaiser gedachte, bei dieser Zeigung im Dom vor den Reliquien niederzuknien und seine gläubige Verehrung vor aller Augen sichtbar werden zu lassen. Und so geschah es. In der Nacht des Gründonnerstags verbeugte er sich vor dem Haupt des Apostels Matthias, vor dem Haupt der heiligen Helena, vor dem Stab des Apostels Petrus, vor vielen weiteren Heiltümern von unschätzbarem Wert.

Niemand schien sein kurzes erstauntes Innehalten zu bemerken. Keiner der Anwesenden ahnte, dass in diesem Augenblick das Geschehen seinen Anfang nahm, welches ein lange Verborgenes ans Licht bringen würde.

Was in dieser Nacht im Dom zur öffentlichen Verehrung dargeboten wurde, genügte dem Kaiser nicht. Er forderte nachdrücklich, dass man ihm die Tunika Christi zeige, den Heiligen Rock, von dem berichtet wird, dass Christus ihn getragen habe. Verlegenheit und Erschrecken bei den Hütern der Reliquie. Seit Jahrhunderten lag sie, vor unberechtigtem Zugriff sicher geschützt, eingemauert im Hochaltar des Domes.

Vergeblich versuchte die hohe Geistlichkeit vor dem Volk geheim zu halten, was dann geschah. Die Gerüchte waren jedoch nicht aufzuhalten. Und so wurde offenbar, was man hatte verschweigen wollen: Im Beisein des Kaisers, des Erzbischofs und einiger Kleriker hatte man aus dem vermauerten Raum unter dem Hochaltar drei versiegelte Kisten geborgen. In einer lag, zu einem graubraunen Päckchen zusammengefaltet, der Heilige Rock.

Ein unerwartetes Hoffnungszeichen in dunkler Zeit! Sofort begehrten die Bürger, den Heiligen Rock zu sehen. Die hohe Geistlichkeit weigerte sich zunächst. Bedrohlich schwollen die Bitten an zu lautstarkem Fordern, getrieben von dem Glauben an die heilende Kraft der Anschauung, von der Furcht, in diesen ungewissen Zeiten seelischer und leiblicher Not ohne Hilfe zu bleiben. Um blutige Unruhen zu vermeiden, gaben die Hüter des Reliquienschatzes dem übermächtigen Drängen des Volkes nach. Vor der Westapsis des Domes errichtete man eine Empore. Von dort wurde der Heilige Rock während mehrerer Wochen, bis in die ersten Tage des Monats Juli hinein, den Menschen gezeigt. Täglich in der ersten Morgenfrühe strömten die Prozessionen durch die Gassen Triers zum Dom. „Erbarmen!“, der Ruf erfüllte die Stadt, lauter und eindringlicher von Tag zu Tag, ein Flehen in tiefem Glauben und übermächtiger Sehnsucht nach Erlösung.

Wie ein Lauffeuer verbreitete sich die Nachricht von der Zeigung des Heiligen Rockes im ganzen Land. Schriftliche Werbung erging nun in die Diözese und in deren Nachbarschaft, von dort drang die Kunde in weite Teile des Reiches und darüber hinaus. Pilger strömten in unübersehbaren Scharen nach Trier. Reichlich waren die Opfergaben, sie flossen allein in die Taschen der Kleriker. Die waren von allen städtischen Abgaben befreit, die Lasten hatten die Bürger zu tragen.

Neben den Teilnehmern des Reichstages mussten sie nun auch die Pilger versorgen. Wie sollten die vielen Menschen satt werden? Nahrung wurde knapp, von weit her mussten Brot und Fleisch herbeigeschafft werden. Bis nach Metz erging der Ruf um Hilfe. Zudem war es unmöglich geworden, weitere Unterkünfte für die Pilger bereitzustellen. Wohin mit den vielen Kranken, den Krüppeln, die kamen, da sie sich durch die Reliquie Heilung erhofften? Wie sollte man sich der zahlreichen Bettler, die in die Stadt drängten, wie der vielen Spielleute, Gaukler, Dirnen, Diebe erwehren? Auf den Gassen und Plätzen häuften sich bald Schmutz und Unrat in bedrohlichem Maße. Im unerträglichen Gedränge kamen Menschen zu Tode. Krankheiten brachen aus. Täglich fand man mehr Tote an den Straßenrändern, auf den Plätzen, in den Ruinen.

Eines Tages versetzte ein Schrei des Entsetzens die Menschen in Panik: Pest und Cholera in der Stadt! „Erbarmen!“ Das beschwörende Flehen schwoll immer stärker an.

Der Kaiser verließ als einer der Ersten die Stadt. Der Reichstag solle in sicherer Entfernung in der Stadt Köln fortgesetzt werden, ordnete er an. Die Teilnehmer folgten ihm, ehe die Seuche Opfer unter ihnen forderte. Angst vor den tödlichen Krankheiten vertrieb die Pilgerströme aus der Stadt. Zurück blieben die Bürger, die Kranken und Schwachen, die zu elend waren, um die Stadt zu verlassen. Trost und Hoffnung, die im Anblick des Heiligen Rockes ihre Seelen erfüllt hatten, konnten das Maß der Not nicht aufwiegen.

1.

Im Haus „Zur Wünnenburg“ in der Palastgasse atmete man auf. Während des Reichstages waren pflichtgemäß Gäste beherbergt worden, vornehme Herren, die Begleiter einiger Teilnehmer. Sie reisten endlich ab. Die reiche Bürgerin Adelheid von Besselich war nun wieder Herrin im eigenen Haus. Trotz ihres hohen Alters hatte sie fast täglich an den Prozessionen zum Heiligen Rock teilgenommen, hatte eingestimmt in den Ruf nach Erbarmen, hatte gebetet im Chor mit den vielen Tausenden, in tiefem Glauben und Vertrauen. Von den größten Bedrängnissen dieser Tage war ihr Haus verschont geblieben. Nach der Abreise der Gäste konnte sie sich wieder den vielen Bedürftigen zuwenden, die in der „Wünnenburg“ um Hilfe bettelten. Doch bei allem Sorgen ließ sie der Gedanke an die wieder verborgene Tunika Christi nicht los. Hatte man sie wieder zusammengefaltet und in ihr altes Behältnis zurückgelegt? Fand man für die Kostbarkeit eine würdige Hülle? Dem Heiligen angemessen? Eine wertvolle Truhe, vielleicht einen Kasten aus Silber.

Die Bürgerin Adelheid von Besselich kümmerte sich stets selbst um Dinge, wenn sie es für angebracht hielt. Sie scheute nicht davor zurück, sich an den Custos des Domschatzes zu wenden. Einen silbernen Kasten für den Heiligen Rock wolle sie anfertigen lassen, sie wolle ihn dem Domschatz zum Geschenk machen. Man beschied sie, die Bürgerin möge sich aus den Angelegenheiten des Klerus heraushalten. Keinesfalls sei die Aufbewahrung des Heiligen Rockes eine Sache der Bürgerschaft.

Adelheid von Besselich gab den Gedanken an die Gabe, die sie zu stiften gedachte, nicht auf. Sie wandte sich jedoch zunächst tatkräftig dem Notwendigsten zu: das schreiende Elend in ihrer Stadt lindern zu helfen.

Zwei Jahre sind seither vergangen. Bis heute sind die Menschen nicht zur Ruhe gekommen. Bittere Not, Trostlosigkeit, wohin man schaut. Nahrung ist knapp geworden, nahezu aufgebraucht sind die Vorräte. Selbst in der tiefen Dunkelheit der Nächte verstummen nicht die lauten Rufe nach Brot, nicht die Seufzer der Obdachlosen, der hilflosen Kranken, nicht das Schreien verlassener Kinder.

Adelheid von Besselich erwacht noch vor dem ersten Morgenlicht aus unruhigem Schlaf. Auch in der vergangenen Nacht verfolgten sie wieder bedrohliche Bilder. Den dunklen Schatten ihrer Träume will sie entfliehen, sofort öffnet sie die Augen. Schnell richtet sie sich auf, obwohl sie den Gliedern gerne noch eine Weile die Wärme des Bettes gegönnt hätte. Immer öfter kommt es vor, dass ihr das Aufstehen schwer fällt. Sie spürt, wie das Alter ihren Leib mehr und mehr schwächt, auch, wie Müdigkeit ihr Gemüt belastet. Ein Augenblick der Traurigkeit. Doch sie darf nicht zulassen, ihrer zunehmenden Schwäche nachzugeben. Viel wird von ihr erwartet. So vieles ist gutzumachen. Viel hat sie schon getan, alles, was in ihren Kräften steht, um die Macht der nächtlichen Dunkelheiten zu brechen.

Ein jäher Schreck durchfährt sie. Heute! Wie konnte es geschehen, dass dies nicht ihr erster Gedanke im Erwachen war: Heute ist der Gedächtnistag seines Todes! Clas von Zerf soll nicht vergessen sein. In Sankt Gangolf, der Kirche am Markt, wird sein Gedächtnis begangen, sie hat die Jahrmesse für ewige Zeiten gestiftet. Vor Tagen schon hat sie viele Wachslichter nach Sankt Gangolf gebracht, die sollen heute dort brennen. Für das Heil seiner Seele tut sie alles, was sie kann. Ist es genug?

Mit der zunehmenden Morgenhelle wächst ihre Zuversicht. Ein kurzes Gebet. Sie ist gerüstet für den Tag.

Auch heute ist sie die Erste im Haus, die auf den Beinen ist. Sie öffnet ihre Kammertür und weckt mit lautem Rufen das Hausgesinde. Viel hat sie sich für diesen Tag vorgenommen. Keinen Augenblick dieses Herbsttages will sie ungenutzt verstreichen lassen. Nach dem Morgenmahl wird sie in Sankt Gangolf an der Gedächtnismesse für ihren Clas teilnehmen. Danach will sie zu seinem Angedenken die Liebfrauenkirche aufsuchen. Auch in der Hohen Domkirche wird sie heute seiner gedenken. Siebenmal an jedem Tag wird dort für Clas und alle ihre verstorbenen

Anverwandten gebetet, dazu das Ave-Maria gesungen, so hat sie es für ewige Zeiten angeordnet und viele Gulden dafür bezahlt. Sie möchte im Laufe des Tages auch den Gold- und Silberschmied Wolf aufsuchen. Nun endlich will sie bei ihm das Werk in Auftrag geben, wie sie es schon zwei Jahre zuvor im Sinn hatte: einen silbernen Kasten zur Aufbewahrung des Heiligen Rockes. Während der Ereignisse im Monat Juni, der erneuten Wallfahrt zur Reliquie, ist sie zu diesem Entschluss gekommen. Den Custos des Domschatzes wird sie erst davon in Kenntnis setzen, wenn mit Meister Wolf alles vereinbart ist. Man wird die Gabe, die sie zu stiften gedenkt, am Ende mit Freuden annehmen. Keinesfalls lässt sie sich jetzt noch von ihrem Vorhaben abbringen, auch nicht von einem Mann der hohen Geistlichkeit. Wie stets wird sie am Ende ihren Willen durchsetzen. Das Werk soll so gestaltet werden, wie sie es für angemessen hält. Dem Meister Wolf vertraut sie voll und ganz, schon oft hat er gute Arbeit für sie geleistet.

Sie ruft nach der Trine. Die junge Frau lebt wie eine Tochter mit ihr im Hause „Zur Wünnenburg". Adelheid hat ihren Taufnamen vergessen, ja sie hat ihn nie wissen wollen. Die junge Trine ist die Tochter von Adelheids Halbschwester Trine, die mit ihr im Hause ihres Vaters aufwuchs. So wie in früheren Jahren Trines Mutter ist sie nun Adelheids rechte Hand. Auf ihre Trine ist Verlass. Sie weiß anzupacken, wo es nötig ist, mit Herz und Verstand, ohne

Fragen zu stellen und ohne dabei an sich selbst zu denken.

Trine begleitet sie in die geräumige Eingangshalle. Ungeduldig wartet Adelheid auf ihre Morgensuppe. Sie nimmt sich nicht viel Zeit für das Mahl. Zusammen mit Trine will sie sich gleich aufmachen, um nach Sankt Gangolf zu gehen. Trine legt ihr zum Schutz vor der kalten Nebelnässe des Herbstmorgens einen wärmenden Umhang um die Schultern, sich selbst schützt sie mit einem großen wollenen Tuch.

Als die beiden Frauen das Haus verlassen wollen, bleiben sie erschrocken in der geöffneten Eingangstür stehen. Vor der Tür kauert auf der Erde eine Frau in schmutzigbrauner zerlumpter Kleidung, barfuß, den Blick gesenkt, ein Kopftuch bedeckt ihr Gesicht. Sie drückt ein winziges Bündel an sich, ein Kind, in fleckige Tücher gewickelt. Keinen Laut gibt sie von sich, auch das Kind ist still.

Adelheid zögert keinen Augenblick. Sie beugt sich zu der Frau hinunter, ihr Gesicht will sie sehen.

„Steh auf. So steh doch auf“, sagt sie. „Geh mit mir hinein. Du sollst mit deinem Kind nicht vor meiner Tür sitzen, es könnte sterben in der Kälte.“

Die Frau schluchzt auf. Sie drückt das Kind fester an sich, der Kopf sinkt ihr auf die Brust.

Adelheid beugt sich tiefer zu ihr hinunter. „Schau mich an“, sagt sie.

Sie will ihr in die Augen sehen. Es ist ihr in den letzten Jahren zur Gewohnheit geworden, den Menschen ins Gesicht zu sehen und ihren Blick zu suchen. Mit dem Zeigefinger der rechten Hand fasst sie die Frau leicht unters Kinn, die hebt den Kopf, das Tuch fällt zurück und gibt ein bleiches, ausgemergeltes Gesicht frei. Dunkel umschattet liegen die Augen in tiefen Augenhöhlen.

„Trine, hilf du ihr doch aufzustehen."

Wortlos lässt die Frau sich ins Haus führen. Adelheid zeigt in der Halle auf die Bank neben der Tür.

„Setz dich hierher, hier ist es warm", sagt Adelheid, „Trine, hole aus der Küche von dem warmen Brei. Und Brot dazu. Und Milch."

Die Frau drückt das Bündel mit dem Kind an sich und birgt ihr Gesicht darin. Das Kind fängt an leise zu wimmern, ängstlich schaut die Frau auf. Jetzt erst sieht Adelheid blutunterlaufene Male in ihrem Gesicht.

„Und das hier?" Sie tupft vorsichtig mit der Kuppe ihres Zeigefingers darauf. Die Frau zuckt zusammen und duckt sich. „Wer schlägt dich?"

„Schlägt mich", kaum ist es zu hören. Sie versucht, mit dem Tuch ihr Gesicht zu bedecken.

Adelheid stöhnt leise auf. Still denkt sie eine Weile nach. Sie weiß, sie darf die Frau und das Kind nicht ihrem Elend überlassen.

„Du gehst nicht zurück dorthin, wo man dich schlägt", sagt sie entschieden. „Hörst du, du gehst nicht zurück. Warte hier. Ich finde eine Bleibe für dich. Dort wird man dir und dem Kind helfen. Ich sorge dafür. Die Trine wird dich führen. Iss nun, was sie dir gebracht hat.“

Trine stellt den Napf mit dem dampfenden Haferbrei neben die Frau auf die Bank, zu einem Becher Milch legt sie ein Stück Brot. Sie will das wimmernde Kind an sich nehmen, damit die Frau essen kann, doch die will es nicht loslassen. Erst Trines beruhigende Worte bewegen sie dazu, es herzugeben. Sie verharrt regungslos, ihr starrer Blick folgt Trine, wie die das Kind hält und sanft wiegt.

„Du bist hungrig“, sagt Adelheid zu ihr, „iss nur.“

Die Frau rührt sich nicht. Da nimmt Adelheid den Napf in beide Hände und hält ihn der Bettlerin hin. Die versteht endlich und greift nach dem Napf. Schweigend sieht Adelheid zu, wie die Frau das Essen in sich hineinschlingt, hastig den Napf leert, dann den Becher Milch, zuletzt das Brot in dicken Brocken in den Mund stopft. Dann reißt sie mit wilder Gebärde das Kind an sich und presst es an ihre Brust.

„Und dein Kind? Hat es keinen Hunger?“, sagt Adelheid ungehalten. „Soll dein Kind nicht auch satt werden? Soll es weiter jammern?“ Ratlosigkeit in den unendlich müden Augen. „Kannst du es nähren?“, fragt Adelheid. Stumm nickt die Frau. „Dann gib ihm, was es braucht.“

Wieder ein hilfloses Zögern, dann wühlt die Frau in den Lumpen ihres Kleides, um ihr Kind zu nähren, es braucht lange, bis es aufhört zu wimmern.

Eine Weile schaut Adelheid zu, wie das Kind nun

in schwachen langsamen Zügen trinkt, dann sagt sie zu der Frau: „Du weißt, was du jetzt tun sollst."

Die Frau schaut ängstlich auf, stammelt: „... tun sollst. Weiß nicht."

„Du weißt es", beharrt Adelheid. „Du kannst das Vaterunser?"

„Vaterunser", murmelt sie.

„Sprich es für mich."

Endlich hat die Frau verstanden. Den Lohn, den die Bettler ihren Wohltätern zu zahlen gewohnt sind, soll sie entrichten. Während sie das Kind stillt, murmelt sie kaum hörbar die Worte des Vaterunser.

Schweigend lauscht Adelheid. „So ist es recht", sagt sie dann. „Warte hier. Bleibe hier in der Halle, bis ich zurück bin. Niemand wird dich fortschicken. Sprich noch ein Vaterunser, darum bitte ich dich. Du weißt, für wen du betest?"

„Weiß es. Frau Adelheid."

„So ist es recht." Sie sieht die Verlorenheit in dem geschundenen Gesicht, sie nickt der Armen zu, sagt noch einmal, nun mit sanfterer Stimme: „So ist es recht."

Trine berührt sie sanft und lächelt ihr zu. „Hab keine Angst", sagt sie leise. Da hat auch Adelheid ein Lächeln für sie. Sie zu berühren scheut sie sich, die Hand, die sie erhoben hat, lässt sie sinken.

„Wir müssen für sie sorgen," sagt Adelheid, als sie mit Trine das Haus verlässt. „Wo soll sie hin mit ihrem Kind, wenn wir ihr nicht helfen?" Nach ein paar Schritten hält sie inne. „Wir haben vergessen, sie nach ihrem Namen zu fragen. Trine, geh und frage sie.“

2.

In der letzten Zeit ist Adelheid der Weg über den Markt zur Gangolfkirche beschwerlicher geworden. Nicht das Gehen macht ihr Mühe, sie ist für ihr Alter noch gut zu Fuß. Sie fühlt sich oft belästigt durch die Unruhe in der Stadt. Seit jenen Begebenheiten im Jahre 1512 bestimmen deren Nachwirkungen den Lebensrhythmus der Stadt, vor allem während der Sommertage. Im Monat Juni war der Heilige Rock, wie auch im Jahr zuvor, wieder das Ziel zahlloser Pilger. Aus dem ganzen Reich, ja aus fernen Ländern strömten die Scharen nach Trier. Adelheid denkt mit Schrecken an die Menschenmassen, die sich auch im vergangenen heißen Sommer durch die Gassen der Stadt zum Dom drängten, um den Heiligen Rock zu sehen. Viele Wallfahrer kamen vor allem des Ablasses wegen, der seit diesem Jahr durch die Wallfahrt zu gewinnen war. Adelheid hat sich trotz aller Beschwernisse auch diesmal nicht zurückhalten lassen, an dem außerordentlichen Ereignis teilzuhaben.

Es wird lange dauern, die gewohnte Ordnung in der Stadt, das gleichmäßige Dahinfließen der Tage, wieder herzustellen. Berge von Unrat liegen in den

Gassen, ihr durchdringender Gestank ist schwer zu ertragen. Noch sind nicht alle Gaukler und fahrenden Händler vertrieben. Schon in der Morgenfrühe lungert zwielichtiges Gesindel herum. Vor allem hier, in der Nähe des Marktplatzes, hält es sich auf. Elende Gestalten kauern im Schmutz auf der kalten Erde, geschwächt von Krankheit, ausgezehrt vom Hunger. Im Morgendunst von geisterhafter Blässe die Gesichter. Viele der fremden Bettler sind aufdringlich, sie bedrängen Adelheid und Trine, stumm bittend oder dreist fordernd. Oft werden die beiden Frauen unterwegs aufgehalten. Viele Hände strecken sich ihnen entgegen. Adelheid übersieht keine, in jede legt sie eine kleine Münze. „Ein Vaterunser", sagt sie im Weitergehen, sie verzögert ihre Schritte und lauscht, ob getan wird, worum sie bittet. Sie weiß, gerade die Gebete aus dem Mund der Allerärmsten sind mehr als vieles andere imstande, bei Gott Gnade zu erwirken. Viele gute Werke sammelt sie, seien sie auch noch so gering, und alle, die heute durch sie getan werden, sollen zum Gedächtnis ihres Clas sein.

Trine fasst Adelheid am Arm und versucht, sie so schnell wie möglich über den Marktplatz zu ihrem Ziel zu führen. Doch die will sich trotz der Unruhe auf dem Platz nicht zur Eile antreiben lassen. Hier am Markt steht ihr Vaterhaus, hier ist sie aufgewachsen. Von klein auf war sie stolz darauf, ja sie ist es noch heute, die Tochter Peter von Besselichs zu sein.

Peter von Besselich war Stadtschreiber von Trier und hatte damit eines der wichtigsten und angesehensten Ämter der Stadt inne. Und auch das empfand sie schon als Kind: Ihr Vater war ebenso stolz auf sie, seine einzige legitime Tochter. Sie wusste es, selbst wenn er es niemals aussprach. Gewiss, er liebte auch Adelheids Halbschwester Trine, seine Tochter aus nicht eingesegneter Ehe mit der Hauswirtschafterin. Aber Adelheid war es, die er fast wie einen Sohn behandelte. Ihr Bruder Johannes hatte das Haus verlassen, um bei den Franziskanern als Mönch zu leben, schweren Herzens hatte der Vater ihn ziehen lassen. Es gefiel ihm, wenn Adelheid sich in seiner Schreibstube aufhielt und alles lernen wollte, was es dort zu lernen gab. Schnell war sie über das bloße Schreiben und Rechnen hinaus, das hatte sie in der Pfarrschule von Sankt Gangolf gelernt. Der Vater schrieb täglich alles Wichtige auf, das in der Stadt geschah. Er, der juristisch gebildete Stadtschreiber, unterrichtete sie in allen wichtigen Rechtsangelegenheiten. Waren schwierige Streitfragen im Auftrag der Stadt zu lösen, erklärte er sie ihr. Wie mit Seinesgleichen sprach er dann mit ihr. Sie begriff rasch, sie behielt sicher, was sie gelernt hatte. „Meine Tochter Adelheid“, so rief er sie, so hörte sie es gerne.

„Meine Adelheid“, so nannte sie der Clas, viele Klangfarben konnte ihr Name aus seinem Mund annehmen.

Heute auf den Tag ist es zwei Jahrzehnte und ein Jahr her, dass er für immer verstummte.

Unvergesslich ist ihr der Tag, an dem sie den Clas zum ersten Mal sah. Rechtsgeschäfte waren zu beraten mit Hans Hobemann aus Zerf, dem Meier des Stiftprobstes von Sankt Paulin. Neben seinem Meierhof in Zerf gedachte er ein Haus in der Stadt zu kaufen, um zeitweise dort zu wohnen, vor allem während der Jahrmarktzeiten. Er brachte seinen Sohn Clas mit in die Schreibstube des Stadtschreibers.

Ein kräftiger, derber Bursche. Den Kopf voller dichter dunkler Locken, er trug sie ein wenig länger, als es bei jungen Männern Mode war. Er musterte Adelheid unverhohlen mit seinen dunklen Augen.

Sie sollte jetzt ihre Augen niederschlagen und sich zurückziehen, das wusste sie, doch sie konnte nicht anders, als seinem Blick standzuhalten.

„Sie kann schreiben?“, lachte er. Sie stand am Schreibpult, eine Feder in der Hand.

Nun hätte sie gehen müssen, dem respektlosen vorlauten Burschen ausweichen.

Doch sie blieb, sagte trotzig: „Ich kann's. Kann er's auch?“

Da lachte er noch lauter: „Jungfräulein, ich kann's. Aber ich will's nicht!“

Er streckte seine Hände aus, die Innenflächen ihr zugewandt, als wollte er sagen: Soll ich mit diesen Händen etwa schreiben? Siehst du nicht, dass sie für andere Dinge geschaffen sind?

Verlegen sah sie zu ihrem Vater hin. Sie verstand sein Stirnrunzeln und die kaum merkliche Geste, die sie aufforderte, nun endlich den Raum zu verlassen. Sie knickste hastig vor den Besuchern und ging.

Auf der Treppe begegnete ihr die kleine Trine. „Adelheid, was bist du so rot im Gesicht? Was ist mit dir?"

Was war mit ihr? Sie war verwirrt und beunruhigt. Sie schämte sich und wusste nicht warum.

Tage später, als sie sich wieder in der Schreibstube aufhielt, wunderte sie sich über das seltsame Verhalten des Vaters. Sie merkte es ihm deutlich an, er verbarg etwas vor ihr. Er sah sie öfter aus den Augenwinkeln lange an, sie spürte seine Blicke und schaute fragend zu ihm hinüber. Er wich ihrem Blick aus und vertiefte sich angestrengt in seine Bücher. Sie wagte nicht, den Vater darauf anzusprechen.

Sie wartete, und endlich sagte er: „Hans Hobemann, der Meier aus Zerf. Du erinnerst dich?"

Was sollte sie zur Antwort geben? Der Vater wusste gewiss, dass sie die Begegnung mit ihm und seinem Sohn nicht vergessen hatte.

Als sie verlegen schwieg, fuhr er fort: „Nun, Hans Hobemann. Ich traf ihn im Rathaus. Wir sprachen lange. Er deutete an, nun, er meinte, er und ich, wir sollten erwägen, ob wir es nicht für gut erachten sollten, wenn wir unsere Kinder … sein Sohn Clas und du, Adelheid, ob eine Verbindung …"

Sie spürte, wie ihr Röte ins Gesicht stieg. Der grobe Kerl, der sie so dreist gemustert hatte. Sein spöttisches Lachen. Der Blick aus seinen dunklen Augen. Die Unruhe, die sie ergriffen und nicht mehr losgelassen hatte seit jenem Tag.

Sie wollte sich abwenden, doch dann schaute sie den Vater mutig an. „Sprecht weiter, Vater."

Er stand auf und ging einige Schritte in der Stube auf und ab, dann blieb er vor ihr stehen. „Nun also", sagte er endlich. „Ein Ehebund zwischen Clas von Zerf und Adelheid von Besselich ist erwogen worden."

Beide Hände legte er auf ihre Schultern und schaute ihr fest in die Augen, vergeblich wartete er darauf, dass sie etwas sagte.

Er unterbrach das lange Schweigen: „Was denkst du, Adelheid?"

„Was denkt Ihr, Vater?"

Er nahm sie bei der Hand und führte sie aus der Schreibstube hinaus in die wohnliche Stube, in der hohe Stühle, mit Polstern belegt, an einem schweren Eichentisch standen. Hier saß der Stadtschreiber, wenn er wichtigen Besuch empfing oder sich mit Vertretern des Rates zum Gespräch traf, und hier sprach er mit Adelheid über den, der nach den Vorstellungen der Väter ihr Eheherr werden sollte.

Nicht vorschnell sollte der Entschluss gefasst werden, alles musste reiflich überlegt und von beiden Seiten gründlich geprüft werden. Für Peter von Besselich war Clas von Zerf kein Unbekannter. Den Ruf eines Raufboldes hatte er in der Stadt, nur das hohe

Ansehen seines Vaters bewahrte ihn oft davor, für die Folgen seines schlechten Betragens büßen zu müssen. Doch der Gedanke an eine standesgemäße Verbindung mit dem Sohn einer hochgestellten, wohlhabenden Familie durfte nicht so schnell von der Hand gewiesen werden. Zudem war der Clas seit jüngster Zeit Meister in einer der ehrenwertesten Zünfte, der Metzgerzunft. Als Mann im Ehestand, so war anzunehmen, würde er ruhiger werden und gesittetere Manieren annehmen.

Hans Hobemann hatte nicht verschwiegen, dass es sein Sohn Clas selbst gewesen war, der ihn auf den Gedanken gebracht hatte. Adelheid hatte Clas auf den ersten Blick gefallen, er hatte den Vater gedrängt, für ihn um sie zu werben. Hans Hobemann hatte wortreich versucht, seinen Sohn im besten Licht erscheinen zu lassen. Herr Peter sehe wohl, wie stattlich der Clas sei. Ja, zugegeben, etwas derb wirke er auf den ersten Blick, doch bei genauem Betrachten müsse man seine Erscheinung doch als ansehnlich bezeichnen. Und ungebildet sei er keineswegs, er habe von klein auf das Lesen, Schreiben und Rechnen bei ihm erlernen müssen. Selbstverständlich sei, dass er als Sohn eines Meiers ein beachtliches Vermögen erben werde. Nein, in des Vaters Fußstapfen als Meier der Pauliner Pröbste werde er nicht treten. Dieses Amt werde einer seiner Brüder zu gegebener Zeit übernehmen. Schon früh sei erkennbar gewesen, dass es dem Clas angemessen war, mit seinen Händen und mit Einsatz seiner körperlichen Kräfte zu arbeiten. So habe man ihn, wie es in der Stadt bekannt war, eines der angesehensten Handwerke erlernen lassen. Beim Amtsmeister der Metzgerzunft zu Trier sei er in die Lehre gegangen. Seine Gesellenzeit habe er beendet, nun sei er der jüngste Metzgermeister in der Stadt. Die zehn Gulden zum Einstand in die Zunft habe er bezahlt, ein Haus in der Dietrichgasse habe er erworben, und nun wolle er Adelheid so bald wie möglich als seine Ehefrau in dieses Haus führen. Herr Peter kenne doch den alten Spruch: Ein Haus ohne Hausfrau ist wie ein Herd ohne Feuer.

„Sag, Adelheid, wie denkst du darüber?"

Wie sollte sie in der ersten Verwirrung Antwort geben? Ihr Herz klopfte heftig.

„Clas von Zerf", sagte sie leise. „Ich kenne dich noch nicht."

Der Gedanke, mit ihm verbunden zu sein, war ihr fremd und vertraut zugleich. Der Vater schaute sie verwundert an. Was hatte er erwartet?

„Nun, Adelheid, sag doch, wie denkst du darüber?"

Der Vater sprach mit ihr über die wichtigste Entscheidung in ihrem Leben und traf sie nicht ohne ihre Zustimmung, das macht sie froh und stolz. Waren es nicht immer die Väter, die über die Köpfe der Töchter hinweg für sie anordneten, was sie für gut hielten? Sie bat ihn um die Erlaubnis, den Clas besser kennenzulernen, ehe sie eine Antwort gab.

In der folgenden Zeit suchte Hans Hobemann zusammen mit Clas hin und wieder den Stadtschreiber auf.

„Jungfräulein, zeige sie mir ihre Hände. Sind sie wieder fleckig von schwarzer Tinte?“, begrüßte er sie lachend, als er sie nach dem ersten Zusammentreffen wiedersah.

„Clas von Zerf“, sagte sie und sah ihm ohne Scheu in die Augen, „warum versteckt er seine Hände hinter dem Rücken? Hat er etwas zu verbergen?“

Sie freute sich, dass ihm keine Antwort einfiel. Nun war sie es, die lachte. Wieder die Geste der offenen Handflächen, die er ihr entgegenhielt, dann stimmte er in ihr Lachen ein.

Wie leicht es nun war, miteinander zu sprechen, als seien sie vertraut seit langer Zeit.

Jener drückend heiße Sommertag nicht lange danach, an dem sie den Vater erhitzt von einem Gang in die Stadt nach Hause kommen sah. Er zog sie am Ärmel ihres Kleides mit sich in die Stube und bedeutete ihr, sich neben ihn auf einen Stuhl zu setzen. Umständlich tupfte er sich den Schweiß von Gesicht und Hals, bis er endlich ruhiger atmen und zu ihr sprechen konnte.

„Adelheid, eine Frage steht zwischen uns. Du hast sie noch nicht beantwortet.“

Sie wusste, was er meinte. Die Antwort kannte sie jetzt.

„Warte, Adelheid“, fuhr er fort, „sprich noch nicht. Höre, was ich zu sagen habe.“

Immer wieder hielt der Vater in seinem umständlichen Reden inne, atmete schwer, sah ihr forschend in die Augen. Sie hörte zunächst geduldig zu, ohne ihn zu unterbrechen: Aufgeregt berichtete er von einer Zusammenkunft mit Simon von Hontheim, dem Amtsmeister der Metzgerzunft. Der hatte im Gefüge der Stadt eine wichtige Aufgabe, gerade jetzt, da der neue Kurfürst und Erzbischof, Johann von Baden, es sich zum großen Ärger der Bürger herausnahm, anstatt im Palast zu Trier im nahen Pfalzel zu residieren. Der Erzbischof hatte das verbriefte Recht, den Amtsmeister der Metzgerzunft mit Botengängen für sich zu beanspruchen, und eben dieser wollte sich mit dem Stadtschreiber über seine Pflichten und Rechte beraten. Bei dem Gespräch hatte Simon von Hontheim in aller Ausführlichkeit von der großen Jahreszusammenkunft der Metzgermeister nach dem Peter-und-Paul-Markt berichtet, er hatte davon erzählt, wie die Zunftrolle aus der Lade genommen und daraus wie alljährlich die Statuten der Zunft verlesen worden waren und wie dann alle feierlich geschworen hatten, sich daran zu halten. Nach diesem Schwur feierte man wie üblich bei reichlichen Speisen und Getränken.

„Sagt mir nun endlich, was Euch so beunruhigt, Vater“, unterbrach ihn Adelheid. „Was ist geschehen?“

Immer lauter, ja zorniger wurde die Stimme des Vaters. Simon von Hontheim hatte davon gesprochen, dass nach den alten Regeln der Zunft der jüngste Metzgermeister bei diesem Fest die ganze Versammlung bedienen muss. Das war in diesem Jahr Clas von Zerf. Er hatte die Speisen aufzutragen und den Wein einzuschenken. Wie es üblich war, musste er allerhand Spott und Hänseleien über sich ergehen lassen. Die waren natürlich als Scherz gemeint, doch den Clas hatten die groben Späße wütend gemacht. Spaß machte er gerne selber, aber keiner sollte ihn zum Narren halten. Gläser und Krüge zersplitterten, Wein wurde verschüttet, Fäuste flogen, Stühle zerbarsten, sogar Blut floss. Wie damals, als er noch Geselle war, hatte Herr Simon geschimpft. Der wilde Bursche hielt sich an keine Regel. Wo er hinkam, gab es Streit und Zank. Er trank weit mehr als vernünftig war, und an die abendliche Sperrstunde für Gesellen hielt er sich nicht, selbst das Läuten der Lumpenglocke zur Nacht um zehn Uhr respektierte er nicht. Er, Simon, hatte als sein Lehrherr seine liebe Not mit ihm gehabt. Hätte Hans Hobemann nicht immer wieder seinen Einfluss geltend gemacht und den angerichteten Schaden gutgemacht, so hätte er den Clas weggeschickt. Auch für das Unheil, das er jetzt auf dem Zunftfest angerichtet hatte, wollte sein Vater einstehen. Doch Clas selber hat, wie es seine Pflicht war, die gesamte Zeche gezahlt, großzügig war er dabei, das musste man ihm zugutehalten, und er hat, wenn auch widerwillig, alles aufgeräumt. Im Beisein seines Vaters musste er feierlich versprechen, sich zu bessern und sich ehrenhaft zu betragen, so wie es einem Meister ansteht.

„Wer soll den Wildling ernst nehmen? Und wie soll man ihn achten?“ Der Vater packte in seiner Aufregung Adelheid fest am Arm und schüttelte sie, sie erschrak vor seiner Heftigkeit. „Den Hans Hobemann und seine Familie dürfen wir nicht in ihrer Ehre verletzen, doch auch wir lassen uns nicht kränken! Noch ist nichts beschlossen! Was denkst du, Adelheid?“

Sie las in seinem ernsten Blick, was er sagen wollte: Wehre dich, Tochter, schaffe mir einen Grund, Clas von Zerf abweisen zu können, noch ist es Zeit. Lange antwortete sie nicht. Sie wusste, der Clas war nicht manierlich, nicht bedächtig und vernünftig wie der Vater, und gerade das gefiel ihr. Hatte man Clas nicht zu Gegenwehr und Streit herausgefordert? Wer wollte es ihm übelnehmen, wenn er zornig wurde? Er hatte geschworen, sich künftig gesittet zu verhalten, wie es von einem Manne seiner Stellung erwartet werden konnte.

„Was denkst du, Adelheid?“, fragte der Vater noch einmal.

„Wartet ab, Vater, und seht, ob er sein Versprechen hält.“

Er schüttelte den Kopf. „Ich hoffe, meine Tochter wird vernünftig sein.“

Das werden wir sehen, Herr Vater, dachte sie, ich will nicht wissen, was vernünftig ist. Vernünftig sein sollen die Väter, sie werden es schon richten.

Clas ließ sich in den folgenden Wochen nichts zuschulden kommen. Peter von Besselich schien besänftigt.

Der Tag im Winter, an dem Hans Hobemann bei ihm für seinen Sohn Clas um die Hand der Tochter anhielt. Kälte und Nässe brachten die beiden Männer mit dem Schnee an ihren Schuhen in die Stube des Stadtschreibers. Auf ein stummes Zeichen des Vaters verließ sie den Raum. Sie lauschte angespannt an der Tür, hörte die Stimmen der drei Männer, langes Reden, unterbrochen von langem Schweigen, Schritte des Vaters, der nach seiner Gewohnheit beim Nachdenken auf und ab schritt. Endlich rief der Vater sie herein. Ja, der Ehebund zwischen Clas von Zerf und Adelheid von Besselich war beschlossene Sache. Sie wusste, dass es unschicklich war, doch sie konnte ihre tiefe Freude nicht verbergen. Sie senkte nicht den Blick. Sie knickste nicht ergeben vor dem Vater und Hans Hobemann. Dem Clas sah sie fest in die Augen, sie sah darin das dunkle stolze Leuchten.

Die geöffneten Hände hielt er ihr entgegen, als er einen Schritt auf sie zuging.

„Meine Adelheid."

Heiß durchlief es sie. Sie wusste es, sie war seine Adelheid, nichts zuvor hat sie so sicher gewusst wie dies. Sie war es, und sie sollte es immer bleiben.

3.

„Ich bin es bis heute“, sagt sie, kaum hörbar.

Adelheid verlässt zusammen mit Trine den Marktplatz. Die Frauen betreten den Kirchhof von Sankt Gangolf. Stumm kauern hier einige Bettler zwischen Grabhügeln und Kreuzen, zu schwach, um Hilfe zu erbetteln. Die Frauen sind hilflos angesichts dieser Not. Adelheid schwankt, sie hält sich an Trines Arm fest.

„Hier wartet der Tod. Er wird diese Verlorenen holen, wenn wir ihnen kein Brot bringen. Trine, heute noch.“

Dort, am Rand des Kirchhofs, an einem Grab das steinerne Kreuz, von Moos bewachsen. Davor bleibt Adelheid stehen. Sie selbst hat es vor vielen Jahren aufstellen lassen. Im Laufe der Zeit ist es ein Stück in die Erde hineingesunken. Die Schriftzeichen darauf sind kaum noch zu lesen. Mit dem Zeigefinger der rechten Hand ertastet Adelheid die eingemeißelten Zeichen, Buchstaben für Buchstaben den Namen flüsternd: Clas von Zerf. Sie hat Sorge dafür getragen, dass dieser Name niemandem mehr ein Ärgernis ist. Er, der den Namen trug, hat zu Lebzeiten viel Streit und Unfrieden in die Welt gebracht. Nach seinem Tod sollten nur noch Vergebung, Versöhnung sein. In all den Jahren, die seither vergangen sind, hat Adelheid alles dazu getan, was sie vermochte.

Ein Schluchzen will in ihr aufsteigen, sie erstickt

es, ehe es ausbricht. Sie fröstelt, ein Zittern überkommt sie.

Trine legt den Arm schützend um sie. „Kommt, Mutter Adelheid, später. Der Nebel, die Kälte. Ihr sollt nicht frieren. Wir kommen hierher zurück. Später, wenn die Sonne durchbricht."

Adelheid lässt sich von Trine weiterführen. Sie bleibt an einem anderen Kreuz stehen, dort spricht sie ein Gebet. Es steht nahe an der Eingangstür zur Kirche, steinerne Bildnisse schmücken es. Die Schrift auf dem Kreuz ist schwer zu erkennen für den, der den Namen nicht kennt. Doch ihr wird dieser Name unvergessen sein, und sie spricht ihn in tiefer Dankbarkeit aus: Adelheid Mey. Sie war ihre Patin, die sie aus der Taufe gehoben und ihr den Namen gegeben hat. Liebkosend streicht sie über die verwitterten Schriftzüge. Bei ihrer Patin Adelheid Mey fand sie Trost, immer wenn sie ihn brauchte.

So wie damals, hier an diesem Ort vor der Eingangstür zur Kirche, als sie mit dem Clas dort stand, um vom Pfarrherrn von Sankt Gangolf getraut zu werden.

Clas drängte darauf, so bald wie möglich eine Ehefrau in das Haus „Zur Taube" in der Dietrichgasse zu führen. So wurde mit dem Willen der Väter ein Tag im Frühjahr zum Hochzeitstag bestimmt. Lange kalte Wintertage, die nicht enden wollten. Dann endlich doch das Frühjahr. Eine Ehefrau sollte Adelheid nun werden, aus der Vormundschaft des Vaters, dem sie immer vertraut hatte, in die Hände des Ehemannes übergeben werden. Von ganzem Herzen wollte sie auch ihm vertrauen. Ihn lieben und ehren, wie es von ihr verlangt wurde. Sie band aus frühen Blumen und Frühlingsgrün den Brautkranz. Am Tag der Hochzeit wollte sie den Clas damit schmücken.

Unerwartet empfand sie eine unbestimmte Furcht, einen leisen Abschiedsschmerz, als sie mit ihrer Familie das Vaterhaus verließ. Das wollte sie nicht zulassen, sie wusste, den Vater liebte sie, doch dem Clas wollte sie angehören, bedingungslos, was immer auch geschah. So trug sie stolz und froh den Brautkranz in den Händen, als sie vor der Kirchentür auf den Clas zuging.

Der stand inmitten seiner Brüder, die Hände in die Hüften gestemmt, und lachte: „Seht das schöne Jungfräulein! So schönes blondes Haar. Ihr seht es heute zum letzten Mal. Haben wir eine feine Haube für meine Adelheid?“

Sie war verwirrt, einen Scherz hatte sie in diesem Augenblick nicht erwartet. Dann fasste sie sich. Beherzt trat sie vor ihn hin und hielt ihm den Brautkranz entgegen. „Clas von Zerf, neige dich, damit ich dich schmücken kann.“

Er ergriff mit beiden Händen den Kranz, er warf den Kopf in den Nacken, dass die langen Locken flogen.

„Clas von Zerf trägt keine Blumen im Haar“, lachte er, „das solltest du wissen, meine Adelheid", und er drückte den Kranz der kleinen Trine aufs Haar.

Lautes Gelächter. Das Kind schaute verdutzt, ehe es sich traute, mitzulachen.

Adelheid gab die grobe Geste einen Stich ins Herz. Der Clas hatte sie zurückgewiesen. Dies war der erste Schmerz, den er ihr antat. Sie kämpfte mit den Tränen. Versuchte ein Lächeln. Niemand sollte sehen, wie verletzt sie war. Da spürte sie den sanften Druck einer Hand. Ihre Patin Adelheid Mey, die hatte verstanden, wie man sie gekränkt hatte. Und sie war getröstet.

Freudig sagte sie ihr „Ja", als der Pfarrherr ihre und des Clas Hände segnend ineinanderlegte und Clas ihr den Ring über den Finger streifte, um den Ehebund zu besiegeln. Stolz schritt sie dann an seiner Seite durch die weit geöffnete Tür in die Kirche, damit die neue Ehe dort gesegnet werde.

4.

„Ave maris stella, Meerstern sei gegrüßt, heilige Maria, hilf uns Armen hier in diesem Jammertal ...". Adelheid kniet in Sankt Gangolf in ihrem eigenen kunstvoll geschnitzten Kirchenstuhl, Meister Clamann hat ihn vor mehr als einem Jahrzehnt für sie angefertigt und an einem Ehrenplatz neben der Kanzel aufgestellt. Was die Chorknaben jetzt singen, betet sie still für sich mit, heute am Gedächtnistag ihres Clas mit besonderer Andacht. Jeden Tag wird der Choral zusammen mit dem Ave Maria hier gesungen, zu Ehren der Jungfrau Maria, für das Seelenheil all ihrer verstorbenen Verwandten und für das Heil ihrer eigenen Seele. Fünf Gulden Jahreszins hat sie dafür gestiftet.

Täglich werden an den Altären der Kirche mehrere Messen gelesen. Am Altar der heiligen Jungfrau brennen heute besonders viele Lichter, eine Gabe Adelheids für die Messe zu Clas' Jahrgedächtnis. Leise gemurmelte Gebete. Duft von brennendem Wachs, mildes Kerzenlicht. Andächtiges Seufzen, das Flüstern der Trine in der Kirchenbank hinter Adelheid. Vom Knien ist Adelheid bald ermüdet. Im Sitzen kann sie besser den eigenen Gedanken nachgehen. Die Messe kann sie getrost dem Priester am Altar überlassen. Sie betrachtet still die kleine hölzerne Figur der heiligen Jungfrau, die auf dem Altar steht. Adelheid sieht mit Freude, dass dieses Bildnis heute mit der vergoldeten Krone und dem silbernen Rosenkranz geschmückt ist, beides hat sie gestiftet.

Dem Beutel, den sie am Gürtel trägt, entnimmt sie die Gebetsschnur aus roten Perlen. Sie hält die Perlen zwischen ihren Fingern, lässt eine nach der anderen hindurchgleiten. Mit jeder Perle verweilt sie und betet ein Ave Maria, dabei der sieben Schmerzen gedenkend, welche die heilige Jungfrau als Mutter ihres

Sohnes erleiden musste. „… bitte für uns Sünder, jetzt und in der Stunde unseres Todes.“

Die Stunde des Todes. Für sie, die alte Frau, kann diese Stunde nicht mehr fern sein. Sie ist gerüstet, auch ein jäher Tod wird sie nicht unvorbereitet finden. Dennoch fürchtet sie sich. Sie tut alles, was sie kann, um am Tag des Gerichtes mit den Gesegneten an der rechten Seite des Weltenrichters zu stehen. Der Clas! Seine namenlose Angst im Angesicht des Todes. In den Träumen ihrer unruhigen Nächte sieht sie die Qual seines Todeskampfes. Bilder des Fegefeuers, der namenlosen Pein. Der Hölle. Gnadenlose Ewigkeit. Erbarmen! Fester umschließen ihre Finger die Perlen der Gebetsschnur. Sie ist tief in ihre Gedanken versunken, nichts nimmt sie wahr von dem, was um sie geschieht, nichts von dem Kommen und Gehen in der Kirche, sie hat die Trine vergessen, die hinter ihr kniet, merkt nicht, wie die sie an ihrem Umhang zupft.

„Mutter Adelheid, unsere Messe ist aus. Lasst uns gehen.“ Mehrmals muss Trine sich bemerkbar machen.

Adelheid wacht aus ihrer düsteren Versunkenheit auf. Sie sieht, dass der Priester, der die Gedächtnismesse für Clas gelesen hat, gegangen ist, die Kerzen am Altar der Jungfrau Maria sind gelöscht. Doch sie will bleiben.

Sie wendet sich nicht um, schüttelt nur den Kopf. „Noch nicht. Noch eine Messe.“

Auf Trines Einwände achtet sie nicht. „Eine Messe noch, Trine.“

Sie verharrt weiter in ihrem Stuhl. Von der Perlenschnur in ihren Händen geht ein stiller Trost aus, sie betet weiter Ave um Ave. Die bedrückenden Bilder lassen von ihr. Den jungen Clas, wie er voll im Leben stand, noch weit vom Tod, vermag sie wieder zu sehen.

Wie liebte sie die festlichen Gottesdienste der Zünfte hier in dieser Kirche. Stolz schritt sie als junge Ehefrau an Clas' Seite nach Sankt Gangolf. Sie fühlte sich bedeutend neben ihrem Ehemann, und der zeigte offen seinen Stolz, die Tochter des Stadtschreibers vor den Augen der ganzen Stadt an seiner Seite zu haben. Zusammen mit ihm war es leicht, standesbewusst aufzutreten. Sie beide hatten Gefallen an sich selbst, und sie verbargen es nicht. Als jüngstem verehelichtem Meister seiner Zunft wurde ihm am Tag des Schutzpatrons Sankt Bartholomäus eine besondere Ehre zuteil: Er durfte an diesem Fest die Zunftfahne beim feierlichen Einzug in Sankt Gangolf tragen. Hatte man ihm sein rüpelhaftes Verhalten, all die Grobheiten und Streitereien aus seiner Zeit als Geselle verziehen? War es nicht vielmehr ihr Ansehen in der Bürgerschaft als die Tochter Peter von Besselichs, dem er diese Ehre zu verdanken hatte?

Der Vater war oft Gast in ihrem Haus. Sie verstand den forschenden Blick, mit dem er sie ansah.

„Seht Ihr, der Clas hält sein Versprechen“, sagte sie zu ihm. „Ihr habt mich dem rechten Mann anvertraut.“

„Er achtet dich, wie es dir zusteht?“

„Ich verwahre die Schlüssel. Er lässt mich im Hause gewähren in allem, was ich tue.“

Ja, im Haus „Zur Taube“ respektierte Clas sie als Hausherrin. Er ging nicht sanft mit ihr um, doch ohne sie zu verletzen. Seine derben Späße brachten sie zum Lachen. Sie wehrte sich gegen unbeholfene Zärtlichkeiten, das gefiel ihm. Oft umfasste er sie mit beiden Armen, drückte sie fest und hob sie hoch. Lachend befreite sie sich aus der Umklammerung, und er lachte mit ihr. Er löste die Bänder ihrer Haube und fuhr ihr durchs Haar. Wenn sie ihm dann die Locken durchwühlte, wurde er für Augenblicke still. „Meine Adelheid …“, er drückte sie wieder umso fester, bis sie aufschrie. Sie wusste es, er wollte keine Schwäche zeigen, kein Zeichen einer weichen Regung.

Im folgenden Frühjahr, man schrieb das Jahr 1460, feierte die ganze Stadt das unvergessliche Fest. Peter von Besselich hatte als Stadtschreiber an den langen Verhandlungen zwischen dem Kurfürsten und Erzbischof Johann von Baden und dem Rat der Stadt teilgenommen. Der Streit um die Machtverhältnisse in Trier war endlich beigelegt. Der Rat der Stadt wollte das Recht des Kurfürsten respektieren, Schöffen, die zu Gericht saßen, zu ernennen. Johann von

Baden gestand im Gegenzug den Bürgern verbriefte Rechte zu: Die Übermacht der Schöffen im Rat wurde zugunsten der Zünfte abgeschwächt, und sowohl die Schöffen als auch die Zünfte stellten einen der beiden Bürgermeister. Nach dieser Einigung war der Rat der Stadt gewillt, den Kurfürsten als obersten Herrn anzuerkennen und bei seinem feierlichen Einzug in Trier mit allen Ehren zu empfangen.

Den Clas kümmerten die Einzelheiten der Stadtpolitik wenig. Ihm gefiel es, als Zunftmitglied beim Fest dabei zu sein und seinen Stand zu repräsentieren. Am Festtag, noch vor dem aufgehenden Morgenlicht, war Adelheid ihm behilflich, sich für den prächtigen Aufzug zu kleiden. Über der rotweißen Metzgertracht trug er die Rüstung, im Gürtel die Streitaxt. Fremd erschien er ihr, wie er glühte vor Anspannung. Kein Wort, keinen Blick hatte er für sie. Er wies sie schroff zurück, als sie ihn zum Markt begleiten wollte: „Keine Weiber!"

In der Morgendämmerung konnte sie nur vom Rande des Marktplatzes aus beobachten, wie ein kreisrunder Festplatz entstand. Im inneren Ring stellten sich die Schützen auf, in blaurote Kapuzenmäntel gekleidet. Ein Ring aus Hunderten von gerüsteten Zunftgenossen mit ihren Zunftfahnen schloss sich an. Je heller der Tag aufschien, desto farbiger wurde das Bild. Adelheids Augen suchten den Clas, sie konnten ihn nicht finden. Er war ein Teil dieser bunten Menge, für sie nicht erreichbar. Dann endlich Hufeschlagen, Vivatrufe, Glockengeläut von allen Türmen der Stadt. Im vollen Sonnenlicht ritt der Kurfürst ein, gefolgt von einer großen Schar Reiter, darunter viele Bischöfe und Angehörige des hohen Reichsadels. Der aufbrausende Jubel erfasste auch Adelheid, für eine Zeit vergaß sie den Clas.

Auf dem Marktplatz fanden am Nachmittag Kampfspiele der adligen Reiter statt. Adelheid entdeckte Clas unter den Zuschauern. Sie drängte sich durch die Menge bis in seine Nähe, rief seinen Namen, doch er hörte sie nicht. Atemlos schaute er den Spielen zu, offenen Mundes, das Gesicht gerötet, ganz und gar versunken in das, was dort geschah. Ein fremder Clas. Wollte er schon damals ein anderer sein als der, der er war?

Nach dem Fest fand die Stadt bald wieder in den gewohnten Alltag. Doch Adelheid musste ratlos zusehen, wie Clas sich von diesem Tag an veränderte. Eine rätselhafte Unrast hatte sich seiner bemächtigt. Wortkarg ging er ihr aus dem Weg. Ohne Ankündigung verschwand er für Tage. Er kam zurück mit zwei Pferden, die er zu dem Pferd, das er schon besaß, in den Stall stellte. Grob wies er ihre Fragen zurück. Mit nörgelnder Unzufriedenheit plagte er Adelheid und das Gesinde. Oft ritt er aus und kam spät in der Nacht nach Hause. Fürchtete er sich nicht vor der Dunkelheit? Nicht vor den gefahrvollen Geheimnissen der Nacht? Adelheid wagte nicht ihn zu fragen, wo er seine Abende verbrachte.

Es war seine Pflicht als Metzger, an zwei Tagen der Woche auf dem Markt Fleisch anzubieten. An vielen Tagen überließ er die Fleischbänke den Knechten. Adelheid empfand es als Schande, dass sie nun selbst dort nach dem Rechten schauen musste. Vor allem sorgte sie dafür, die hölzernen Verkaufsstände mit Wasser aus dem Stadtbach sauber zu halten.

Dann der Tag, an dem Simon von Hontheim ins Haus „Zur Taube“ kam und Clas zur Rede stellte:

„Herr Clas, Ihr verstoßt gegen die Regeln der Zunft! Die Zunftgenossen sind empört, dass Ihr unserm Stand Schande macht! Habt Ihr vergessen, dass wir Metzger eine der vier großen Zünfte in Trier sind? Ihr verletzt uns in unserer Ehre! Wir erwarten, dass Ihr Euch in Zukunft an die Regeln unseres Standes haltet.“

„Jaja, werd's tun.“

„Eure Freunde sucht Ihr nicht unter den Männern unserer Zunft. Ist es recht, unsere Gesellschaft zu meiden? Ihr verbringt Euern Feierabend nicht im Zunfthaus, wie es sich gehört.“

„War vor drei Tagen dort.“

„Zu den Jahrmessen unserer Toten kommt Ihr nicht. Ihr seid zu einer Kindtaufe nicht erschienen, obwohl Ihr geladen wart. Begreift Ihr, welche Beleidigung. Und einen der Unseren haben wir zu Grabe getragen, Ihr habt ihm nicht …“

„Konnt' ihm nicht das Geleit geben. War für Tage unterwegs hoch oben in der Eifel. Und was untersteht Ihr Euch, Meister Simon, hier vor meiner Adelheid!“

Adelheid schossen Tränen in die Augen. Meister Simon sollte ihrem Clas das nicht antun. Ihn so zu beschämen, in seinem eigenen Haus, vor seiner Ehefrau. Mit dem Handrücken wischte sie energisch die Tränen weg. Beherzt stellte sie sich vor Clas, breitete die Arme weit, als wollte sie ihn beschützen.

„Lasst es gut sein, Meister Simon, lasst es nun gut sein.“

Mit hartem Griff schob Clas sie zur Seite. Verlegenheit in den Blicken der beiden Männer. Betretenes Schweigen, bis Simon von Hontheim schließlich sagte: „Eure Hausfrau ist wahrhaftig Eure Hausehre, Clas. Auch ihr zuliebe sollt Ihr die Ehre unseres Standes achten.“

Er ließ sich dazu bewegen, den Trunk anzunehmen, den Adelheid ihm bot. Ihr trank er zu, und endlich auch dem Clas. Als er gegangen war, hoffte sie vergeblich auf ein Wort von Clas. Er scheute sich, sie anzusehen. Sie spürte seine flackernde Unruhe. Doch am Abend verließ er das Haus nicht.

An den folgenden Tagen ging er ihr aus dem Weg, wann immer er konnte. Die Abende verbrachte er im Wirtshaus, in Gesellschaft städtischer Söldner von zweifelhaftem Ruf, darunter auch der Heinz Speck. Spät in der Nacht kam er nach Hause. Man hörte von wilden Zechgelagen, Glücksspielen und Raufereien. Clas überließ es ihr immer öfter, an den Fleischbänken auf dem Markt mit Waage und Gewichten zu hantieren. Gegen kaum verborgenen Spott hatte sie sich zu wehren. Nicht immer begegnete man ihr mit der gewohnten Achtung, den schlechten Ruf ihres Eheherrn hatte auch sie zu büßen. Sollte sie den Vater bitten einzuschreiten? Vor ihm hatte Clas Respekt. Doch sie wollte sich vor dem Vater keine Blöße geben. Sie wollte es selbst in die Hand nehmen, den Clas zur Rede zu stellen.

Er saß nach durchzechter Nacht zu später Stunde am Tisch, um seine Morgensuppe zu essen. Sie schickte die Magd hinaus, stellte sich vor ihn hin, sah ihm eine Weile schweigend zu, wie er die Suppe in sich hineinlöffelte, bis er ungehalten aufschaute.

„Was stehst du da? Was starrst du mich an?"

Und es brach aus ihr heraus, all ihr Unmut, ja ihr Zorn über die Schmach, die er sich selbst und ihr antat, über die Schande, die er über die ganze Familie brachte: „Und du verspielst am Abend, was du mich mit eigenen Händen am Tag an den Fleischbänken erwerben lässt! Ist es nicht deine Pflicht ..."

Er lachte auf. „Die feinen Hände, Stadtschreibertochter, nicht mehr mit Tinte befleckt. Vertragen sie kein Blut?"

Mit beiden Händen stützte sie sich auf den Tisch, sie beugte sich weit zu ihm hinüber, laut sagte sie ihm ins Gesicht: „Du Ehrloser! Deine Pflicht! Was hast du versprochen?"

Er sprang auf. Packte den Teller, schleuderte ihn in

den Raum. Er brüllte: „Und du? Deine Pflicht, meine Adelheid? Ist es nicht deine Pflicht, dem Eheherrn Kinder in die Wiege zu legen? Die Wiege in diesem Haus! Leer ist sie."

Sie schrie auf. Verstummte. Ein Schmerz, der sie überwältigte. Tief getroffen lief sie hinaus.

Sie hörte, wie er drinnen mit den Fäusten auf den Tisch hämmerte und nach der Magd rief: „Bring mir mein Essen!"

Den Tag über ließ er sich nicht mehr blicken. In der Nacht lag sie schlaflos alleine, sie hörte, wie er zu später Stunde ins Haus gepoltert kam und sich in einer der Stuben ächzend auf ein Bett warf.

5.

Am nächsten Morgen verschwand er ohne Abschied. Mit seinen drei Pferden zog er davon. Die Knechte kannten seine Pläne. Wie beschämend für Adelheid, von ihnen davon zu erfahren. Die Mosel aufwärts bis nach Metz wollte er, um Ochsen und Schafe zu kaufen. Sie kannte seine guten Beziehungen zu Colyn Huwe in Metz, ihm lieferte Clas öfter Wein aus den Erträgen seines Besitzes und kaufte für den Erlös Schlachtvieh ein.

Tiefen Groll hegte Adelheid gegen Clas. Mit Spott und Häme hatte er sich über ihre Vorhaltungen lustig gemacht. Und ihr tief verborgener Kummer. Unausgesprochen bis zu jenem bitterbösen Vorwurf. Die Wunde brannte. Scham und Zorn verdüsterten sie für Tage. Sie war froh, Clas nicht begegnen zu müssen.

Er blieb länger aus als gewöhnlich. Zwei Wochen vergingen, ohne dass sie von ihm hörte. Unruhe erfasste sie. Ihr Ärger wich der Sorge um ihn. Sie machte sich Vorwürfe. Stand es ihr als seiner Ehefrau zu, ihm seine Verfehlungen vorzuhalten? Musste er sich nicht zur Wehr setzen? Und ließ er ihr nicht in allem freie Hand? Hütete sie nicht die Schlüssel zu allen Schränken und Truhen? Er überließ ihr alle Geldgeschäfte, er überließ es ihr, den Marktzoll, die Steuern für den Umsatz und den Schweinezoll, der dem Erzbischof zustand, zu errechnen. Auch die pflichtgemäßen Zahlungen an verarmte Mitglieder seiner Zunft und an die Witwen und Waisen gingen durch ihre Hände. Clas verlangte von ihr niemals Rechenschaft darüber.

Seit er weggeritten war, kam ohne Übergang von milden Spätsommertagen früh der Herbst mit Kälte, Sturm und Regen. Clas war schutzlos der Witterung ausgesetzt, und sie saß am Kamin in der warmen Stube. Es hielt sie nicht mehr im Haus. Sie kümmerte sich um die Räucherkammern, auch um die Eiskeller, in denen während der warmen Jahreszeit das Fleisch frisch gehalten wurde. Wenn Clas zurückkam, sollte er alles wohlbestellt vorfinden. Wenn er nur bald käme.

Sie hörte ihn, als er an einem stürmischen Tag lärmend das Haus betrat. Das wirre Haar triefend vor

Nässe, durchfeuchtet und schmutzstarrend die Kleidung, Schlamm an den Schuhen, so stand er in der Eingangshalle. Er breitete die Arme aus und kam ihr entgegen, als sie die Treppe hinunterstieg.

„Da bin ich."

Sie versagte sich, ihre Freude zu zeigen. Sie sagte nicht, was sie sagen wollte: Wie froh bin ich, dass du wieder da bist. Wie habe ich dein Lachen vermisst. Wo bist du so lange gewesen.

Sie sagte: „Du bist wieder da. Komm, wärme dich."

Er folgte ihr die Stufen hinauf in die große Stube. Sie befreite ihn von der Oberbekleidung und legte eine wärmende Decke um ihn, er ließ es ohne Widerspruch zu. Nahe ans Feuer setzte er sich, lehnte sich weit in den Stuhl zurück, ließ die Arme über die Lehne hängen, streckte die Beine weit von sich. Sie kniete zu seinen Füßen und zog ihm die Schuhe aus, sie sah das Behagen um seine Mundwinkel und auf den geschlossenen Augenlidern. Eine Weile schwieg er, dann sprach er zu ihr, als sei nichts zwischen ihnen. In Metz bei Colyn Huwe sei er gewesen, der ließe sie grüßen. Und Vieh habe er gekauft, schönes gesundes Vieh, gut genährt. Die Tiere habe er, bevor er in sein Haus kam, auf die Weiden am Stadtgraben gebracht, wo die Metzger nach althergebrachtem Recht das Schlachtvieh bis zum Schlachttag weiden lassen durften. Und kalt sei es unterwegs gewesen, feucht und kalt auch an den Lagerfeuern und in den

Zelten, gut dass er nun wieder da sei, und die Pferde stünden auch wieder im Stall. Ob sie in der Zwischenzeit die Geschäfte besorgt habe, wie er es von ihr gewohnt sei? Ja, lachte er, als sie ihm erzählte, dass sie für alles gesorgt hatte, er wisse es, er habe eine kluge Ehefrau, kein Mann in Trier habe eine so kluge Ehefrau.

Sie lief selbst und wärmte für ihn Wein am Herdfeuer, sie würzte ihn kräftig mit Honig. Ein warmes Mahl ließ sie ihm bereiten und brachte es selbst zu ihm hin. Sie sah ihm zu, wie er gierig aß und trank und wie sein Gesicht sich rötete. Ohne sich vorher zu entkleiden, warf er sich dann auf das Bett, das in der Nähe des Kamins in der Stube stand, er schlief sofort ein.

Sie betrachtete lange sein Gesicht. Ein dunkler struppiger Bart war ihm gewachsen. Behutsam strich sie die noch feuchten wirren Locken von seiner Stirn, lauschte seinen tiefen Atemzügen. Alles war gut. Aller Kummer, alle Bitternis fiel von ihr ab. Sie legte Holzscheite ins Kaminfeuer und hütete es während vieler Stunden bis tief in die Nacht, ehe sie sich zu ihm legte. Als sie früh erwachte, schlief er noch, sie stand auf, ohne ihn dabei aufzuwecken.

Ruhe während einiger Tage. Clas, der müde war und sich ausruhte, sie, Adelheid, die sich weiter darum sorgte, dass alles seine Ordnung hatte. Dann hielt es ihn nicht mehr im Haus. Er verbrachte die Tage am Stadtanger, wo seine Tiere weideten.

Der Friede währte nicht lange. Eines Tages lautes Rumoren und Geschrei, Clas polterte zusammen mit einigen seiner Knechte ins Haus. Sie erschrak, als sie ihn sah: verschmutzte und zerrissene Kleidung, blutende Schrammen im Gesicht und an den Händen. Er stieß sie zurück, als sie laut jammernd nach den Wunden sehen wollte.

„Lass mich! Ich werd's ihnen heimzahlen. Dem Clas von Zerf den Weideplatz streitig machen! Mit dem Beil werde ich morgen … Mir mein Recht streitig machen! Nicht dem Clas. Mir aus dem Weg, Frau. Meine Pferde nicht dort weiden lassen. Wer hat so schöne Pferde. Sie neiden mir meine Pferde. Hungerleider, Hurensöhne, dreimal verfluchte Hurensöhne …", und er hörte nicht auf zu fluchen und wüste Verwünschungen auszustoßen, er packte, was sich greifen ließ und schleuderte es von sich. Die Knechte wollten ihn zurückhalten, er wehrte sie ab.

„Aus dem Weg!", brüllte er, als Adelheid sich ihm in den Weg stellte.

Sie fürchtete sich vor ihm, wie er wütete und die Fäuste schüttelte, doch sie wich nicht zurück. Er hob die Hand, als wollte er sie schlagen. Sie hielt die Arme schützend vor ihr Gesicht. Da ließ er seine Hand sinken, er wandte sich ab und beruhigte sich langsam. Erschöpft ließ er sich auf einen Stuhl fallen, sie brachte ihm einen Becher Wein, er stürzte ihn hinunter.

„Mehr!", forderte er, sie füllte den Becher, bis er sich zufrieden gab.

In der Nacht schlief er unruhig, gegen Morgen fieberte er heftig. Niemanden außer Adelheid duldete er an seinem Bett. Er ließ sich kühlenden Trank von ihr geben, alles Essen wies er zurück, er schlief, wenn sie neben ihm wachte. Nach wenigen Tagen verließ er das Bett und verlangte zu essen. Adelheid lief und brachte ihm alles was er begehrte. Er schlang es in sich hinein, dann stellte er sich an das geöffnete Fenster, reckte die Arme und atmete tief.

„Klare frische Luft. Schlachtwetter heute. Das ist gut. Ich muss hinaus. Das Vieh am Stadtgraben."

Er lachte, als sie ihn aufhalten wollte. Mit beiden Armen umschlang er sie und drückte sie so fest, dass sie nach Atem rang.

„Nein, meine Adelheid, ich bin nicht mehr krank. Glaubst du es nun?"

Und er stürmte hinaus in die Kälte.

6.

Kälte. Stille.

Ein Zittern durchläuft Adelheid. Die Kälte in der Kirche kriecht unerbittlich durch die Kleidung in den ganzen Körper. Sie zieht ihren Mantel fester um sich, die erstarrten Hände wickelt sie in das wollene Tuch, es kann sie kaum wärmen. Schwaches Tageslicht dringt durch die Fensterscheiben. Die wenigen Wachslichter auf einigen der Altäre sind flackernde

Lichtpunkte im dämmrigen Raum. Adelheid lauscht in die Stille hinein. Ab und zu ein leiser Schritt, ein Räuspern, ein Flüstern, sie ist nicht allein in der Kirche. Die Trine, sie hat die Trine vergessen. Sie schaut sich nach ihr um. Trine sitzt zusammengesunken, den Kopf auf der Brust, in der Kirchenbank. Adelheid hört ihr gleichmäßiges Atmen, sie ist eingeschlafen. Schlafe nur, Trine, denkt Adelheid. Sie spürt, wie die Kälte sich tiefer ihrer bemächtigt.

Die Kälte vieler Tage. Die erhobene Hand. Er hat es ihr niemals angetan, sie einen Schlag von seiner Hand spüren zulassen, das nicht. Rücksichtsloses Verlassen, doch immer Wiederkehr. Worte, die Wunden schlugen. Die leere Wiege. Niemals konnte sie ein Kind in die Wiege legen. Gottes Wille. Warum hat Gott sie so hart gestraft? Wie wird er den Clas strafen für alles, was er zu büßen hat? Warum nur musste er in seiner Maßlosigkeit sich selbst zerstören? Das Feuer, die Qualen des Fegefeuers. Der Hölle? Sie nimmt die Kette aus roten Perlen wieder in die Hände, den Rosenkranz der sieben Schmerzen betet sie.

Die Krankheit hatte Clas mehr geschwächt, als er zugeben wollte. Sein Tagewerk ermüdete ihn. Adelheid umsorgte ihn, er ließ es zu, wenn auch nicht ohne seine spöttischen Späße. In manchen Augenblicken zeigte er offen sein Behagen am häuslichen Frieden und er suchte Adelheids Nähe. Den Herbst und Winter hindurch ging Clas seinem Handwerk nach.

Hin und wieder nahm er teil an den Geselligkeiten im Zunfthaus der Metzger. Doch mit dem herannahenden Frühjahr ging eine Veränderung mit ihm vor. Adelheid sah mit Sorge, wie die Unstetigkeit seiner Natur wieder durchbrach. Zunehmend überließ er die Arbeit ihr und den Knechten. Er mied ihre Nähe, wann immer es möglich war. Bald schon war es Stadtgespräch: Clas von Zerf trieb sich in den Nächten mit dem Heinz Speck und anderen alten Zechkumpanen in den Schänken herum, zettelte wilde Streitereien an. Bedenkenlos verspielte er hohe Summen. Adelheid machte ihm Vorhaltungen, weinte, schimpfte, bettelte, er ließ nichts an sich heran. Peter von Besselich wollte ihn zur Rede stellen. Clas entzog sich ihm wortlos, er lief hinaus, nahm eines seiner Pferde aus dem Stall und ritt davon, keiner wusste wohin.

Adelheid suchte Trost bei ihrer Patin Adelheid Mey. Die sorgte sich um sie wie um eine Tochter.

„Er verschleudert unser Hab und Gut“, klagte Adelheid, „es ist nicht recht, dass er verspielt, was mir vom Vater mitgegeben ist. Ich weiß, er hat Gewalt über mich als mein Eheherr. Muss ich ihm auch gehorchen, wenn er mich schutzlos lässt?“

„Du bist nicht schutzlos“, sagte die Patin. „Du bist klug, Tochter, und du bist stark. Sei es für dich und ihm zuliebe.“

Da wusste sie es: Wenn er schwach war, musste sie stark sein. Und ihm zuliebe konnte sie stark sein. Sie war es, die den Clas schützen musste. Was er nicht vermochte, war in ihre Hand gegeben. Das war es, was ihrer beider Rettung sein würde.

Nach einigen Tagen trieb ein Kälteeinbruch mit Frost und starkem Schneefall Clas nach Hause. Wieder Friede für eine Zeit.

Clas war vollauf damit beschäftigt, das Fleisch der geschlachteten Tiere zu verarbeiten und zum Verkauf vor den Ostertagen vorzubereiten. Eine ruhige Fastenzeit. Am Palmsonntag schritt er gesittet und festlich gekleidet inmitten der Zunftgenossen hinter der Fahne der Metzger in der Palmprozession, sie führte wie alljährlich vom Dom durch die Simeongasse hinaus nach Sankt Paulin.

Im späten Frühjahr zog er wieder aus zu einem Metzgerzug. Mit seinen Knechten, den Pferden und den Hunden dachte er durch die Eifel bis nach Köln zu kommen, um dort holländisches Schlachtvieh einzukaufen. Adelheid wusste, wie gefährlich der Weg durch das unwegsame Gebirge war. Wölfe konnten Tiere reißen, in dem rauen Wetter der Eifelberge konnten Tiere krank werden und verenden, oder sie verletzten sich auf den steinigen Pfaden und brachen erschöpft zusammen. Raubgesindel lauerte in den dunklen Wäldern. Und war es nicht gewiss, dass Geister in den reißenden Bächen und dichten Nebeln der Täler Mensch und Tier bedrohten? Sie legte Clas beim Abschied ein wächsernes Amulett mit dem Bild des Lamm Gottes, wie es auf der Fahne der Metzger dargestellt war, um den Hals. Er nahm es an ohne zu spotten. Sie sprach einen Segensspruch, da bekreuzigte er sich.

„Ich danke dir, meine Adelheid."

Beruhigt ließ sie ihn ziehen.

Dann der Tag, als Clas das Haus „Zur Taube" wieder betrat. Sein Fluchen dröhnte durch die Eingangshalle.

„Das zahle ich ihnen heim, den verfluchten Pfeffersäcken. Wucherpreise! Was hatten wir ausgehandelt? Wollten es nicht mehr wissen! Soll ohne Vieh zurück, wenn ich nicht zahlen wollte, was sie verlangten. Soll mir das magere Vieh bei den Bauern in der Eifel holen. Nein! Wollte das holländische. Wie abgemacht."

Als Adelheid seine Stimme durch das Haus schallen hörte, eilte sie mit einem Willkommenstrunk herbei: „Willkommen in deinem Haus, Clas von Zerf."

Wortlos nahm er ihr den Becher aus der Hand, trank ihn leer in einem Zug. Nur ein kurzer Blick, kein Wort für Adelheid. Erschrocken wich sie zurück, dann fasste sie sich. Er sollte sie nicht abweisen, verlangte sie, seiner Hausfrau sagen, was ihm angetan worden war. Das Amulett, hatte er das Amulett gehütet, das ihn beschützen sollte, und hatte er es immer an sich getragen? Aus seinem verständnislosen Blick erriet sie, er hatte es vergessen, verloren. Sie gab keine Ruhe, bis sie erfahren hatte, wie die kölnischen Händler mit ihm umgegangen waren.

„Ging dann zum Rat der Stadt Köln. Sie lachten mich aus. Den Clas von Zerf hat man ausgelacht! Das zahle ich ihnen heim. Fehde habe ich angesagt der freien und Hansestadt Köln. Dreimal verfluchte Betrüger, ihr werdet's sehen …"

Adelheid versuchte ihn zu beruhigen, umso mehr steigerte er sich in seine Wut. Sie hatte Angst vor dem, was kommen würde, und es trat ein, was sie befürchtete: Clas nahm die alte Lebensweise wieder auf, unmäßiger denn je.

Am Sankt-Peterstag kam sein Vater Hans Hobemann nach Trier, um die jährlichen Zinserträge mit dem Pauliner Probst abzurechnen. Im Haus „Zur Taube" wollte er seinen Sohn ermahnen, doch Clas wich dem Vater aus. Er verschwand wieder für Tage und kam erst zurück, als Hans Hobemann abgereist war. Die ganze Familie empörte sich, es war ihm gleichgültig. Er machte sich lustig über die Zunftgenossen, die versuchten, ihn zurechtzuweisen.

Am Tag ihres Patrons, des heiligen Bartholomäus, feierte die Zunft der Metzger wieder ihr Fest in der Kirche Sankt Gangolf. Vom Prediger auf der Kanzel, dem Karmeliter Doktor Freitag, hörte die Gemeinde viele Worte von Gottwohlgefälligkeit, von Dienen, Pflicht, Ehre. Dann plötzliches Innehalten, unheilvolles Schweigen. Ein Faustschlag auf die Brüstung der Kanzel. Drohendes Erheben der Stimme. Worte gegen Ehrvergessenheit, sündhafte Ausschweifungen, das Laster der Streitsucht, Trunksucht, Unmäßigkeit.

Missachtung der Gebote Gottes und der heiligen Kirche! Dann hörte Adelheid zu ihrem Entsetzen den Namen ihres Ehemannes aus dem Munde des eifernden Predigers, und ein Raunen durchlief die Kirche: Dachte dieser Clas von Zerf daran, wie er sich versündigte nicht nur gegen Gott, sondern auch wie er die Ehre seiner Familie und seiner Zunft missachtete? Mitten im Leben sind wir vom Tod umfangen, was wird sein, wenn ihn ein jäher Tod dahinraffte! Wusste er nicht, dass ein Christenmensch allzeit der Stunde seines Todes gewärtig sein muss! Dachte Clas von Zerf an diese Stunde, auf die der Teufel wartet, um seine sündige Seele an sich zu reißen. An das Gericht am Ende aller Tage, das unausweichliche Gericht vor dem Weltenrichter. Die Qualen des Fegefeuers. Das ewige Feuer der Hölle, aus dem es keine Rettung gibt. Und der Prediger wies mit ausgestrecktem Arm hinauf zum Altar des Erzengels Michael, des Wächters am Tor zum Paradies, im Westen der Kirche.

„Seht“, rief er aus, „Sankt Michael hält in seiner Rechten das erhobene Schwert! So wie er den Teufel unter seinen Füßen zertritt, so wird er den, der in einem sündigen Leben dem Bösen folgt, von der Schwelle des Paradieses weisen. In die ewige Verdammnis wird er ihn stoßen! Clas von Zerf, fürchtest du nicht die Gewalt dieses Schwertes? Das Gericht am Ende deiner Tage?“

Adelheid stöhnt auf. Schreckensbilder, in drohenden Worten immer wieder in die Seelen der Gläubigen eingeprägt, bedrängen sie. Wehrlos ist sie ihnen ausgeliefert. Flammen des ewigen Feuers, quälende Nägel und Gabeln und Zangen, ekliges Gewürm, das die Gedärme zerfrisst, grauenhafte Fratzen der Dämonen, Leiber, die sich in ihren Klauen winden …

„Erbarmen!"

Sie erschrickt vor ihrem Aufschrei und legt eine Hand auf den Mund.

Trine ist aufgewacht: „Was ist Euch, Mutter Adelheid?"

Sie steht auf und beugt sich über Adelheid. Vergeblich versucht Adelheid zu verbergen, wie ein unbezwingbares Beben ihren ganzen Leib erfasst.

„Ihr zittert ja am ganzen Leib. Nun kommt. Gehen wir nach Hause."

„Noch einen Rosenkranz. Nur noch einen, gegen die Schrecken des Fegefeuers und der Hölle."

Wie Schläge trafen Adelheid die Worte von der Kanzel. Sie duckte sich unter den Drohungen, als seien sie für sie selbst bestimmt. Inmitten der Frauen sitzend war sie bösen Blicken ausgeliefert, in leisem Zischeln verbargen sich Beschimpfungen, Hohn und Spott. Welche Schande für den Clas, welche Demütigung auch für sie und die ganze Familie. Unruhe hatte die Festversammlung ergriffen, bis zum Ende des Gottesdienstes wollte sich die andächtige Feststimmung nicht wieder einstellen. Die Angst vor Gespött und Beschimpfung trieb Adelheid nach der Messe schnell nach Hause. Clas, wo blieb der Clas. Sie fürchtete sich vor der Wut, die er mitbringen würde. Doch seltsam still war er, als er endlich kam, er ließ sich nicht von ihr ansprechen, setzte sich in der Stube an den Tisch, stützte die Ellenbogen auf, legte das Kinn in die Handflächen, brütete wortlos vor sich hin. Eine Weile sah sie hilflos zu, dann lief sie und holte das Essen für ihn. Er wies es zurück, doch nach Wein verlangte er, große Mengen stürzte er in sich hinein. Betäubte er seinen Zorn darüber, dass er öffentlich bloßgestellt worden war? War es die tiefe Beschämung, die ihn verstummen ließ? Oder hatte ihn nicht doch Furcht gepackt vor dem Teufel und dem strafenden Feuer.

Der Wein löste ihm die Zunge. „Zum Gespött der Stadt. Vor aller Augen. Was gibt dem Pfaffen das Recht dazu. Was hat man mir angetan!"

Sie wagte nicht, ihm zu sagen, was sie dachte: Und mir? Was hast du mir angetan? Und meinem Vater. Und deinem Vater und deiner Mutter. Bin ich nicht auch zum Gespött geworden? Wie soll ich mich vor den Leuten sehen lassen. Nichts von Reue. Wirst du dich nun ändern, Clas? Sie dachte es mit einem winzigen Funken Hoffnung.

Finster ging er in den folgenden Tagen umher. Er mied sie, am Herdfeuer ließ er sich den Teller füllen und schlang auf der Stelle seine Mahlzeiten in sich hinein. Selbst während der hellen Sommerabende verließ er nicht das Haus. Er trank so viel Wein, bis er trunken war, dann warf er sich in einer Kammer auf ein Bett. Adelheid lauschte an der Kammertür, sie hörte, wie er sich ächzend im Bett wälzte. In der ersten Morgenfrühe stand er auf und ging hinaus zu seinem Tagwerk, mürrisch kam er am Abend zurück. Es gab nur wenige Tage, an denen er wieder einen Blick für sie hatte. Dann redete sie freundlich mit ihm. Von der Predigt des Karmeliters wollte er nichts hören. Sie sah, dass er litt, und sie litt mit ihm. Stummer Ärger nagte an ihm, sie fürchtete sich vor dem Tag, an dem er ausbrechen würde.

7.

An einem der ersten frühen Herbsttage wartete sie vergeblich, dass er vor dem Anbruch der Dunkelheit nach Hause käme. Spät in der Nacht hörte sie seine polternden Schritte, gelallte Flüche. Da wusste sie, der dunkle Dämon hatte wieder Gewalt über ihn.

Nein, sie wollte es nicht hinnehmen! Es musste Wege geben, den Clas vor sich selbst zu schützen. Sie war nur eine Frau. Der Vater musste helfen. Hans Hobemann und seine Familie konnten auf den Clas Einfluss nehmen. Sie schämte sich, um Hilfe zu bitten, doch sie überwand sich dazu.

Der Vater war froh, sie zu sehen. Sie war nicht die erste, die sich an ihn wandte. Vor ihr hatten nicht nur Simon von Hontheim, sondern auch Hans Hobemann ihn aufgesucht. Das Kapitel von Sankt Paulin hatte seinen Meier aufgefordert, das anstößige Leben seines Sohnes nicht länger zu dulden. Die Ehre der Abtei, der Ruf des Kapitels, das schlechte Beispiel.

„Glaube mir, Adelheid, wir werden ihm Einhalt gebieten. Auch für ihn gibt es Mittel und Wege."

„Tut ihm nichts zuleide."

„Ohne Schmerz wird es nicht abgehen. Es wird nötig sein", mehr erfuhr sie nicht, „das ist Sache der Männer." Sie wollte ihm vertrauen.

Zu Hause beobachtete sie mit Sorge, wie Clas sich wieder rüstete, um davonzureiten. Sie hatte es schon lange befürchtet, es lag nicht in seinem Wesen, Unrecht einzugestehen, erst recht nicht sich zu beugen, wenn man es von ihm verlangte. Es war seine Art, sich mit Fäusten das zu verschaffen, was er für sein Recht hielt. Ehe er nachgeben musste, machte er sich davon. Tief verwurzelte Ruhelosigkeit trieb ihn immer wieder hinaus. Auch diesmal wies er Adelheids Bitten ab, auf ihre Fragen antwortete er nicht. Noch vor Anbruch des neuen Tages verschwand er ohne Abschied.

Wie sollte der Vater eingreifen, wenn er sich wieder allem entzog. Sie schämte sich der Tränen, die sie vor ihm vergoss. Schluchzend umarmte die junge Trine die Schwester und versuchte sie zu trösten.

Ärgerlich verbot der Vater den Frauen das Weinen: „Keine Tränen. Er wird es büßen. Nun ist es genug."

„Wenn er nur wiederkommt …"

Dann der Tag, als der Zender Peter von Kuntzig im Haus „Zur Taube" erschien.

„Ihr wollt zum Clas. Der Clas ist nicht zu Hause."

„Gewiss ist er nicht zu Hause, und er wird es morgen auch nicht sein."

Heißer Schreck durchfuhr sie. Was führte der Zender da für Reden? Jeder wusste, was sein Amt war, nämlich im Auftrag des Rates polizeiliche Gewalt auszuüben. Was also wollte er bei ihr?

Den Clas hatte er am südlichen Stadttor festgenommen, berichtete er ihr. Der Torwächter hatte ihn dort festgehalten. Den Clas von Zerf nicht in die Stadt hineinzulassen, ihn notfalls mit Waffengewalt festzuhalten, das war den Wächtern an allen Stadttoren vom Rat befohlen worden. Und dann hatte er, Peter von Kuntzig, das getan, was ihm aufgetragen worden war. Er hatte den Clas im Namen des Rates im Gefängnis der Stadt gefangengesetzt.

Adelheid empörte sich: „Was habt Ihr getan? Was hat der Clas verbrochen? Bringt ihn zurück. Ihr schadet seinem Ansehen."

„Sein Ansehen! Frau Adelheid, hat er sein Ansehen nicht selbst immer wieder aufs Spiel gesetzt? Er beleidigt die ehrbaren Bürger der Stadt. Sie wollen es nicht länger dulden. Wo er nun ist, da ist er um des Friedens in der Stadt willen."

„Bringt ihn mir zurück!“

Außer sich vor Erregung lief sie durch das Haus, als der Zender gegangen war. Sie rief das Gesinde zusammen, weinte, schimpfte, zeterte, es dauerte lange, bis sie sich fassen konnte. Wohin sollte sie sich wenden, um dem Clas zu helfen? Zum Vater. Sofort.

Schweigend hörte Peter von Besselich ihr zu. Lange nur wortloses Kopfnicken. Sein Schweigen ängstigte sie. Dann erfuhr sie es von ihm: Er selbst und Hans Hobemann hatten den Rat der Stadt gebeten, den Clas zu strafen und festhalten zu lassen, da er anders nicht zu bändigen sei. Wusste die Tochter einen anderen Rat?

Zorn stieg in ihr auf. Der Vater hatte sie im Stich gelassen, er hatte ihr den Clas genommen. Sie durfte, sie wollte ihm ihre Enttäuschung nicht offen ins Gesicht sagen, nicht klagen, erst recht jetzt nicht in Tränen ausbrechen. Wortlos verließ sie ihn. Nach Hause nun.

Glücklicherweise war es nicht weit vom Haus des Vaters bis in die Dietrichgasse. Sie spürte die Blicke, die ihr folgten, sah in hämische Mienen. Ja, die Bürger der Stadt wussten es bereits, wie ein Lauffeuer musste sich die Nachricht verbreitet haben: Clas von Zerf war im Turm gefangen gesetzt. Endlich legte man ihm Zügel an.

Tage der Hilflosigkeit, des Zorns, der Verbitterung. Wenn sie alleine war, weinte sie laut. Doch was nützte es, sich dem Kummer hinzugeben. Endlich musste sie sich wieder den Pflichten des Alltags stellen. Sie war nicht hilflos. Hilflos war nun der Clas. In engem Raum. Dunkel? Bei Wasser und Brot? In Ketten? Auf faulem Stroh? Entschlossen packte sie Brot, getrocknetes Fleisch und einen Krug mit Wein in einen Korb und machte sich auf zum Gefängnis.

„Zum Clas von Zerf will ich."

„Wer will das?"

„Ich, Adelheid von Besselich, seine Ehefrau."

„Des Stadtschreibers Tochter?"

„Ich sehe, Ihr kennt mich. Diesen Wein für Euch."

Kurzes Zögern. „Nun denn, so kommt."

Clas wandte sich von ihr ab, als sie in seine Zelle trat. „Ihr habt mich verraten. Du und die Deinen. Geh."

Ihr stockte der Atem, kein Wort brachte sie heraus. So stand sie eine Weile, sah seinen Trotz und seine Hilflosigkeit, tiefes Mitleid ergriff sie, dann legte sie vor ihn hin, was sie in dem Korb mitgebracht hatte. Er rührte sich nicht.

„Clas, so höre doch. Was kann ich tun. Lass alles gut werden …"

Regloses Verharren. Dann ein abweisender Blick. „Geh."

Sie ging, voller Kummer, doch auch getröstet durch das, was sie gesehen hatte. Er saß nicht in einem finsteren Loch, lag nicht in Ketten. Er hatte Tisch, Stuhl und Bett. Als vermögender Bürger von angesehenem Stand wurde er mit Respekt behandelt.

Sie würde wiederkommen, so oft sie konnte, und eines Tages würde er mit ihr reden. Alles würde gut werden. Sie stand zu ihm, was immer auch geschehen war und, wer weiß es, noch geschehen würde. Sie verbarg sich nicht. In ihrem Stolz war sie tief verletzt, doch sie ging nicht mit gesenktem Kopf: Wagt nicht, mich zu verspotten. Ich bin Adelheid von Besselich, und Clas ist mein Eheherr. Doch in den Nächten, alleine in ihrem Bett, lag sie lange schlaflos.

Nach Wochen wurde sie ungeduldig. Die Helligkeit der frühen Herbsttage war ihr unerträglich. Einen Trost hatte der Vater für Adelheid. In den einsamen Tagen sollte ihre Halbschwester Trine bei ihr wohnen. So jung sie noch sei, sie sei verständig und anhänglich, sagte der Vater.

Ihre liebe Schwester Trine. Sie blieb bei ihr und hat sie niemals im Stich gelassen. Nun lebt die junge Trine bei ihr, sie harrt bei ihr aus, was immer auch geschieht.

„Trine, komm. Nun gehen wir."

Die Kälte durchdringt sie bis ins Mark. Es fällt ihr schwer, aus ihrem Kirchenstuhl aufzustehen. Trine bemerkt es sofort, sie ist ihr behilflich. Eine Weile muss Adelheid stehen bleiben, bis ihre steifen Beine sich bewegen können. Beim Hinausgehen schaut sie hinauf zur offenen Kapelle des Erzengels Michael im zweiten Stockwerk des Turmes. Sie verweilt einen Augenblick.

„Trine, ein Wachslicht bringst du zu Sankt Michael, gleich morgen. Sankt Michael, Bezwinger des Satans, Herr über die Mächte der Finsternis, bitte für uns und führe uns zu ewigen Seligkeit.“ Den Clas will ich dort wiedersehn, alles wird gut sein. Hier will ich gutmachen, so viel ich nur kann. Ist es genug?

Die Frauen verlassen Sankt Gangolf. Der dichte Morgennebel ist in Nieselregen übergegangen. Die Bettler sind vom Friedhof verschwunden. Nur einer hat sich bis dicht an die Kirche geschleppt und mit dem Rücken an die Mauer gelehnt, dort ist er vor dem Regen geschützt. Dieses Bild des Jammers wird Adelheid den ganzen Tag nicht aus dem Sinn kommen. Das Grab, bedeckt vom durchfeuchteten Rasen, das Steinkreuz, dunkel, fast schwarz von der Nässe. Dort bleibt sie stehen. Trine will sie weiterziehen, sie lässt es nicht zu. Hier kann sie nicht vorbeigehen ohne einen Augenblick zu verweilen.

Trine packt sie fest am Arm. „Kommt mit mir, Mutter Adelheid. Bleibt nicht ungeschützt hier stehen. Wenn der Regen nachgelassen hat, wollen wir wiederkommen.“

„Ein Vaterunser noch“, sagt Adelheid. Sie betet still, dann lässt sie sich nach Hause führen.

Der Tag, an dem Clas nach vielen Wochen endlich aus dem Turm nach Hause kam. Sein Gesicht war bleich geworden, er schien abgemagert. War es stummer Trotz, der ihn mit niedergeschlagenen Augen dasitzen ließ? War er wirklich in sich gegangen? Es war gewiss, er wäre nicht entlassen worden, hätte er nicht seine Schuld eingestanden und Besserung gelobt. Adelheid litt mit ihm, wenn sie bedachte, welche Überwindung ihn das gekostet haben musste. Nun fluchte er nicht, schwor keine Rache, doch er weigerte sich, mit ihr über die Tage im Gefängnis zu sprechen. Er war getroffen, gedemütigt. Nichts mehr von Übermut. Ihr wilder Clas war schwach, wenn er Fesseln spürte, die er nicht aus eigener Kraft sprengen konnte. Sie war froh, den Ehemann wiederzuhaben, doch die Sorge um ihn ließ sie nicht los. Was war mit ihm geschehen? Sie musste sich Gewissheit verschaffen.

Peter von Besselich hatte als Stadtschreiber die Urkunde zu seiner Entlassung aus der Haft geschrieben. Hatte sie als Ehefrau nicht das Recht zu wissen, was aufgeschrieben worden war? Das konnte der Vater ihr nicht verwehren.

Wehmut überfiel sie in der Schreibstube, in der sie so vieles vom Vater gelernt hatte und ihm bei seiner Arbeit hatte helfen dürfen. „Sie kann schreiben?" Der dunkle Lockenkopf, die blitzenden Augen, so hatte es angefangen.

Die Urkunde? Würde der Vater sie die Urkunde selbst lesen lassen? Nie konnte sie vergessen, was er ihr daraus vorlas: „Ich, Clas von Zerf …", wie beschämend für ihn, ein anderer sagte „Ich" für ihn und zwang ihm Worte auf, die er nicht selbst gefunden hatte, „... bin gefangen gesetzt worden wegen widerwärtigen Mutwillens meines Mundes und Wesens. Und dass ich mein und meiner Ehefrau Gut, das uns von Vater und Mutter, auch von unsern Verwandten vererbt worden ist, töricht und unnütz mit Spiel, törichten Händeln und mit Herumreiten und sonst vielen wilden, unziemlichen Dingen vertan und verschleudert habe, so dass mein Vater und meine Mutter und alle meine Anverwandten zornig über mich gewesen sind und das vor die lieben Herren des Rates gebracht haben und mich haben strafen lassen. Denen habe ich ehrlich gelobt, das alles nicht mehr zu tun, darum haben sie mir alles verziehen ..." Ja, verziehen hatte auch sie ihm längst. Mitleid hatte sie mit ihm, der sich so tief beugen musste. Tapfer hörte sie an, was der Vater von den folgenden Seiten vorlas, bis er zum Schluss kam: „... ich schwöre, dass ich vor allem lassen werde das mutwillige Wegziehen mit meinen Pferden, und dass ich mich tugendhaft und ehrbar halten will gegen Rat, Gemeinde und das Kapitel von Sankt Paulin. Ich will mich nicht rächen wegen meiner Gefangennahme, und alles bezeuge und besiegele ich. Am Abend von Sankt Martins Tag im Jahre eintausend vierhundert und vier und sechzig."

8.

Die Kälte in der Kirche hat Adelheid sehr zugesetzt, die Hüften, die Beine, der Rücken schmerzen. Es kostet sie viel Kraft, trotzdem mit Trine Schritt zu halten. So stark wie heute hat sie ihr Alter noch nie gespürt. Nicht müde werden, nicht dem schwachen Körper nachgeben. Da ist noch vieles, was zu tun ist. Die Bettlerin mit ihrem Kind. Sie sind die ersten, um die sie sich nun kümmern muss.

In der „Wünnenburg“ erfährt Adelheid, dass die Frau mit ihrem Kind verschwunden ist. Das Kind schrie zum Gotterbarmen, da lief sie davon, sie hat sich nicht aufhalten lassen. Erschöpft lässt Adelheid sich auf die Bank fallen, auf der die Frau gesessen hat. Hätte sie nur gleich helfen können.

„Trine, du weißt ihren Namen. Suche nach ihr in der Stadt und bringe sie her. Sie wird mit ihrem Kind zugrunde gehen, wenn wir ihr nicht helfen.“

Trine schüttelt den Kopf und nimmt Adelheid den feuchten Mantel von den Schultern. Später wolle sie gehen, zuerst kümmere sie sich um Mutter Adelheid, ihre Hände und ihr Gesicht seien ganz blau und rot vor Kälte, zuerst wolle sie ihr ein warmes Mahl bereiten lassen, dann in der holzvertäfelten Kammer ein Feuer im Kamin anzünden, und trockene Schuhe werde sie ihr holen.

Adelheid wehrt ab: „Ich kann mich in der Küche wärmen. Noch ist nicht Winter, noch friert es nicht.

Wir zünden kein Feuer im Kamin an. Denke daran, wir müssen an den Holzvorräten sparen. Auch im kommenden Winter sollen die drei Kaminfeuer in meinem Haus brennen, bei Tag und Nacht. Wohin sollen sich die schutzlosen Armen vor der tödlichen Kälte retten? Sie brauchen diesen Ort."

Trine lässt sich nicht beirren. Zuerst Mutter Adelheid, das warme Essen, dazu gewärmtes Bier, eine warme Stube. Es sei noch nicht Mittag, der Tag sei noch lang. Sie tut das, was sie für richtig hält. Adelheid ist zu müde, um sich zu wehren. Sie verharrt auf ihrem Platz in der Halle, bis Trine sie in die warme Kammer führt.

Alles ist für sie gerichtet. Adelheid gesteht es sich nun ein, ja, so ist es gut, die Trine hat alles gut gemacht. In der Wärme gibt sie ihrer Müdigkeit nach. Sie lässt sich den Stuhl mit den breiten Armlehnen nahe an das Kaminfeuer stellen, sie hebt den Rock bis über die Knie und streckt die Beine dem wärmenden Feuer entgegen. Die Schmerzen in den Gliedern sind gelindert. Wärme, stilles Behagen. Ein Bild von Kälte und Verlorenheit drängt sich hinein. Sofort soll Trine laufen und den Ärmsten, der an der Kirchenmauer lehnt, an diesen warmen Ort bringen.

Nachdem Clas aus dem Gefängnis zurückgekommen war, begann eine ruhigere Zeit im Haus „Zur Taube". Sollte sich Adelheids Sehnen nach friedvollen Tagen mit ihrem Eheherrn endlich erfüllen? Während der

Winterzeit ging er gewissenhaft seinem Handwerk nach. Es tat ihm wohl, seine körperlichen Kräfte einzusetzen und bis zur Erschöpfung zu arbeiten. Nach und nach gewann er seine Selbstsicherheit wieder. Sein Lachen kehrte zurück, seine raue Zärtlichkeit für Adelheid, der Stolz auf seinen Stand. Er fand wieder Gefallen daran, der angesehenen Zunft der Metzger anzugehören. Geselligkeit suchte er wieder bei den Zunftgenossen, so, wie Sitte und Anstand es verlangten. Hielt ihn der Gedanke an Bestrafung von der alten Lebensweise ab? Gewiss war es auch der Respekt vor Peter von Besselich und vor dem eigenen Vater. Die Väter vor allem hatten dafür gesorgt, dass man ihm Zügel angelegt hatte. Adelheid schritt vor den Augen der Öffentlichkeit stolz an seiner Seite: Seht her, dies ist Clas von Zerf, ein Mann von Ehre, die soll ihm keiner antasten.

Und doch, es gelang ihr nicht, nun von Herzen zufrieden zu sein. Nicht nur der Schmerz, dass ihr Kinder versagt blieben. Dem Eheherrn keine Kinder zu gebären war ihr Versagen. Darüber empfand sie Scham und Trauer. Sie wusste, auch dem Clas mangelte es an vielem. Dieses Leben war nicht das, was er wollte. Der häusliche Friede, die bürgerliche Behäbigkeit genügten ihm nicht. Unter den Metzgermeistern einer von vielen zu sein war ihm nicht genug. Warum war Peter von Schweich der neue Amtsmeister der Metzgerzunft geworden, warum nicht er, Clas von Zerf? War er nicht viel vermögender? Hätte es ihm nicht gebührt, als Handwerksmeister im Rat der Stadt zu sitzen? Mitglied im Rat der Stadt zu sein, ein solch bedeutendes Amt innezuhaben, das hätte ihm zugestanden. Warum bat ihn keiner der Zunftgenossen, kein Bürger der Stadt, zum Gevatter für eines seiner Kinder? Sie zeigten ihm nicht offen, dass sie ihn nicht schätzten, vielleicht sogar verachteten, mit feinen Sticheleien zeigten sie ihm ihre Missachtung. Hatte er nicht gebüßt, versprochen, gehalten …

„Sie haben es nicht vergessen, meine Adelheid."

Schon ein halbes Jahrzehnt hatte er ein Leben nach den Gesetzen des gesitteten Bürgertums geführt. Da spürte Adelheid an manchen Tagen bei ihm die alte Unrast, den Drang auszubrechen. Er rüstete wieder zu einem Metzgerzug durch die nördliche Eifel bis nach Köln. Der Schwur, sich für ein Unrecht zu rächen, die angedrohte Fehde. Nach all den Jahren hoffentlich vergessen. Schweren Herzens ließ sie ihn ziehen.

Er blieb länger aus, als sie erwartet hatte. Da verbreitete sich eines Tages in der Stadt das Gerücht: Den Clas von Zerf will man wieder einsperren! Fehde führte er auf eigene Faust gegen die Stadt Köln! Hatten sie ihn damals mehr Geld zahlen lassen, als rechtens war, so holte er es sich jetzt zurück. Er lauerte Kölner Weinhändlern auf, die an die Mosel reisten, um Wein zu kaufen, er überfiel sie und nahm ihnen alles ab, was ihm in die Hände fiel. Wie ein Raubritter! Den Ruf der ganzen Stadt hatte er geschädigt. Das konnten der Rat und die Bürgermeister nicht dulden.

Die Aufregung in der Stadt nahm zu: Der Zender hat den Clas am Nordtor festgenommen! Der hat sich auf dem Weg zum Gefängnis losgerissen und ist geflohen. Auf dem Kirchhof von Sankt Simeon hat er Zuflucht gesucht, dort saß er nun, und niemand wusste, wie ihm beizukommen war.

Clas war zurück, das war Adelheids erster Gedanke. War er schon in Trier, sollte er auch zu ihr nach Hause zurück. Der Vater konnte jetzt nicht mehr helfen, Peter von Besselich war vor zwei Jahren gestorben. Nein, sie wollte nicht einfach abwarten, was mit Clas geschehen würde. Zu den Herren Räten lief sie, zu den beiden Bürgermeistern, bettelte, jammerte, versprach.

„Diesmal noch. Lasst ihn frei. Dieses eine Mal noch. Er hat doch bewiesen, dass er sich ändern kann!“

Man gab schließlich nach, um der Ehre der Stadt und der Familie willen. Wem nützte es, einen ihrer Bürger von Stand und Vermögen ins Gefängnis zu bringen. Clas musste eine Urkunde unterschreiben. Er versprach darin, künftig nicht auf eigene Faust sein Recht zu suchen und alles, was der Klärung bedürfe, vor den Rat zu bringen und diesem zu überlassen.

Er kam wieder. Wieder neues Hoffen.

9.

Allmählich gleitet Adelheid in einen leichten Schlaf. Sie wacht auf, als Trine hereinkommt. Die bringt eine traurige Nachricht: Der Bettler auf dem Friedhof atmet nicht mehr, er sitzt da mit totem Blick und offenem Mund, die Stadtwache wird ihn auf einen Karren legen und wegbringen, vor die Stadtmauer, zum Friedhof der Namenlosen.

Adelheid ist betroffen. Das Elend der Obdachlosen, der Verlassenen, der Ausgestoßenen. Sie darf nicht bis zum Winter damit warten, die Kaminfeuer anzünden zu lassen und ihr Haus für die Armen zu öffnen. Nicht nur der Mangel an Brot, auch die Kälte der Spätherbsttage und die frostigen Nächte fordern Opfer. Der große Festsaal nimmt fast das ganze obere Stockwerk ein, dort können viele Notleidende einen schützenden Ort finden. Die gemalten Blütenranken, die Gemälde, die silbernen Leuchter an den Wänden, sie haben keinen Sinn mehr. Die Festmahle, die glanzvollen Zusammenkünfte, lange dahin und vergessen. Es werden nicht mehr festlich gekleidete Menschen sein, die von der Eingangshalle aus die breite Treppe hinaufgehen. Das Feuer in den beiden Kaminen des Saales wird vielen Armen die Bitternis der Kälte vertreiben. Das Korn auf den Dachböden. Die Ernte war gut, die Vorräte sind üppig. Wir werden nicht Hunger leiden im kommenden Winter. Erbarme dich, Herr, bewahre uns vor aller Not und vor der Macht des Teufels, gib den Hungrigen Brot durch unsere Hände, rette uns vor dem Höllenfeuer, gib uns am Tag des Gerichtes die ewige Seligkeit, nimm von uns die Furcht, die uns das Leben beschwert, den Clas schicke nicht ins Verderben und vergib ihm seine Schuld, und mir vergib, was ich gefehlt habe, steht uns bei ihr alle Engel und Heiligen.

„Amen", flüstert die Trine. Adelheid sieht erstaunt auf, ihre schweifenden Gedanken sind hörbar geworden, ohne dass sie es merkte.

Alle Müdigkeit ist von ihr abgefallen. Sie gibt dem Bedürfnis nach, sich zu bewegen. Vom Fenster aus schaut sie hinaus in den weitläufigen Garten. Schwarz starrt das kahle Geäst der Bäume und das Geranke der Reben. Matte Farben des Vergehens in dem abgeernteten Garten. Ihr Blick wandert durch den Raum, der ihr der liebste ist in der ganzen „Wünnenburg". Das Braun der Holzvertäfelung. Die beiden großen Betten, bedeckt mit Federbett, Laken, Kissen und Seidendecken. Zwischen den Betten an der Wand das Bild, das auf Holz gemalt die Hochzeit zu Kana darstellt. Der Trysor aus geschnitztem Eichenholz, hier bewahrt sie auf, was sie an Geld besitzt, an Urkunden, Pfandbriefen, Pachtverträgen, an Gold und Schmuck. In der Mitte der Kammer der schwere runde Eichentisch, daran sieben Stühle, mit Polstern belegt. Sie hält sich gerne auf in dieser Kammer, in der sie oft Geborgenheit gefunden hat.

Wie an dem Tag, an dem sie den Clas für immer verloren glaubte.

Nach seinem abenteuerlichen Vergeltungszug gegen die Kölner Kaufleute war es ihm drei Jahre lang gelungen, das Leben eines ehrbaren Handwerksmeisters zu führen. Dann kam er eines Tages von einem Metzgerzug zurück, ohne Vieh eingekauft zu haben. Adelheid erschrak vor seinem veränderten Verhalten, dem beängstigenden Leuchten in seinem Blick. Er sagte es ihr ohne Umschweife: Ein Metzger wolle er nicht mehr sein. Er habe Besseres gefunden. Oben in der Eifel hat er den Junker Jörg von Virneburg und den Lamprecht vom Kirchhof getroffen, sie sind voll gerüstet und bereit, als Landsknechte in den Krieg zu ziehen. Im Heer des Herzogs Karl von Burgund werden sie kämpfen gegen den König der Franzosen. Und er, Clas, wird dabei sein. Er ist gekommen, um seine Waffen und seine Rüstung zu holen und mit den drei Pferden in den Krieg zu ziehen, zwei seiner Knechte werden mit ihm reiten.

„Hinaus muss ich. Clas von Zerf muss dabei sein, wenn draußen in der Welt Soldaten vonnöten sind.“

„Du bist uns hier vonnöten! Du musst bleiben!“

„Ich kann es nicht, ich will es nicht mehr. Die enge Stadt. Das immer gleiche Tagwerk.“

„Clas, was hast du versprochen? Bedenke, deine Ehre!“

„Was Ehre. Was weißt du von Ehre.“

„Und wer schützt mich? Unser Hab und Gut, wer wird es schützen?“

Er lachte: „Du, meine Adelheid. Ich vertraue dir all meine Habe an.“

Und ich? Was wird aus mir? Hast du keine Antwort für mich?

Sie bettelte: „Geh nicht von mir.“

Eine kurze Umarmung. „Ich komme wieder …“

Noch vor Anbruch des folgenden Tages ritt er zusammen mit zweien der Knechte davon. Sie gab ihm beim Abschied ein gesegnetes Amulett, sie sah, wie er es sorgsam in seinem Mantelsack verwahrte. Erst als er ihren Blicken entschwunden war, ließ sie die Tränen fließen. Trauer, Zorn, Furcht, Beschämung – laut weinte sie ihre Not heraus. Als es heller Tag geworden war, versiegte der Strom der Tränen vor Erschöpfung. Die Trine brachte feuchte Tücher, um ihr die verweinten Augen und das gerötete Gesicht zu kühlen, dann auch einen Becher Wein. „Es wird alles gut werden. Er wird wiederkommen …“, die kindlichen Trostworte beruhigten sie. Dennoch fühlte sie sich hilflos. So oft schon musste sie stark sein, und immer war sie es gewesen. Nun brauchte sie die Hilfe eines Menschen, der in dieser Not stärker war als sie.

In der holzvertäfelten Kammer der „Wünnenburg“ saß sie bei ihrer Patin Adelheid Mey. Sie legte einige Kissen auf die hölzernen Dielen und setzte sich der Älteren zu Füßen. Dann nahm sie ihre Haube ab und legte den Kopf auf die Knie der Patin, die strich ihr von Zeit zu Zeit übers Haar.

Leise Worte in dem langen Schweigen: „Was wird werden, Mutter Adelheid … werden wir ihn jemals wiedersehn … was immer er tut, ich gehöre zu ihm … was wird aus mir ohne Ehemann …“

„Du bist Adelheid von Besselich, und das wirst du bleiben. Ich selbst habe drei Ehemänner durch den Tod verloren, und das war mir bitter. Doch man achtet mich, mein Eigentum ist mir geblieben, auch was mir von meinen Ehemännern vererbt wurde, und es steht ganz in meiner Macht, darüber zu verfügen wie ich will.“

„Ihr habt Eure Ehemänner begraben, Mutter Adelheid, ihr kennt den Ort, an dem sie in die Erde gelegt wurden. Ihr könnt für ihr Seelenheil Messen lesen lassen, sie ehren über das Grab hinaus. Mein Eheherr ist davongelaufen. Hätte ich ein Kind, damit ich nicht alleine stünde.“

„Schau, Adelheid, dort unter dem Bettkasten die Wiege. Sie steht immer noch da, obwohl ich ohne Hoffnung bin, dass sie wieder das Bettchen eines Kindes sein wird. Sie sind mir alle gestorben, ehe sie laufen und sprechen konnten.“

Schweigende Trauer.

„Sorge dich nicht, Adelheid“, sagte die Patin dann, „du stehst nicht allein. Meine Tochter bist du.“

Bevor das Tageslicht zu schwinden begann, konnte Adelheid ermutigt nach Hause gehen. Wartete dort nicht doch ein Kind auf sie? Die Trine war ihr nach dem Tod des Vaters anvertraut, sie musste für sie sorgen, sie mit einem ehrbaren Mann verheiraten, denn ohne die Obhut eines Mannes durfte sie nicht bleiben. Adelheid konnte für sich selbst sorgen, sie wusste wieder, wie stark sie war. Wenn der Clas wiederkam, wollte sie für ihn da sein.

Den ganzen Sommer über blieb sie ohne Nachricht von ihm. Eines Tages im Frühherbst erschien er wieder, zusammen mit einem der beiden Knechte, zwei seiner Pferde führte er mit sich. Wortlos breitete er die Arme aus, erschöpft, übermüdet stand er und wartete, dass sie auf ihn zukam. Er hielt sie lange umfangen. Adelheid betrachtete ihn: Er sah verwahrlost aus, ein wilder Bart war ihm gewachsen, quer über die Stirn verlief eine tiefe Narbe. Seine Kleidung war verschmutzt und verlaust, sie entkleidete ihn selbst und brachte alles hinaus, was er am Leib getragen hatte. „Verbrenne es“, befahl sie einer der Mägde, „mit all dem Schmutz und all dem Ungeziefer. Nichts soll in diesem Hause sein, was Clas draußen in der Welt an seinem Leib trug.“

Er duldete es, dass Adelheid ihm in der Badestube ein Bad mit duftenden Kräutern bereitete und ihn selber wusch. Sanft strich sie mit einem Finger über die Narbe. Wie ihm die Wunde geschlagen worden war, wollte sie von ihm erfahren. Er sei lebendig wieder da, mehr brauche man nicht zu wissen, war seine unwillige Antwort.

Ja, er war wieder da, er war wirklich zurückgekommen, dies war der Augenblick, in dem alles gut wurde.

Der Knecht, der mit ihm den Kriegszug überlebt hatte, verließ ihn nach wenigen Tagen. Bald wusste es die ganze Stadt, warum er dem Clas nicht mehr dienen wollte. Den hatte im Kampf nahe der Stadt Paris ein Schwerthieb quer über die Stirn getroffen. Blutüberströmt war er zu Boden gesunken. Feindliche Landsknechte nahmen ihn gefangen und schleppten ihn fort. Man ließ ihm das Leben und verband seine Wunde. Nach Tagen war er so weit wieder bei Kräften, dass er zu den Seinen fliehen konnte. Und im Lager brüstete er sich: Er hatte den Franzosen zwar unter Eid versprochen, nicht zu fliehen, wer aber wollte so dumm sein und sich nicht davonmachen, wenn sich die Gelegenheit bot! An einen Eid sei auch ein Landsknecht gebunden? Darüber lachte er. Doch wer wollte vor dem Eidbrüchigen jetzt noch Achtung haben.

Mit einem zweifachen Makel behaftet war Clas zurückgekommen. Die Narbe auf seiner Stirn kennzeichnete ihn als einen Geschlagenen. Dass er sein Wort gebrochen hatte, dafür verachtete man ihn. Die Bürger der Stadt hatten eine Zeitlang Grund zu spotten und zu lästern.

Auch für Adelheid war er ein anderer geworden. Nicht nur die Narbe zeugte von einer Wunde. Das Erleben des Krieges hatte Spuren in seiner Seele hinterlassen. Verschlossener war er geworden. Er brauchte lange, um wieder in den Alltag zurückzufinden und neue Kraft zu sammeln. Traf ihn die Missachtung tiefer als jemals zuvor? Fand er nach dem Ausbruch aus einem bürgerlichen Leben jetzt neue Freude an seinem Handwerk? Auch an ihr, Adelheid? Kein trotziges Aufbegehren. Er vergrub sich in das Tagewerk eines gesitteten Bürgers.

Bald darauf, man schrieb das Jahr 1473, fand in Trier ein Fürstentag statt, den Kaiser Friedrich einberufen hatte. Es galt, mit dem burgundischen Herzog Karl dem Kühnen wegen einer Heirat des Kaisersohnes Maximilian mit der Herzogstochter Maria zu verhandeln. Der Herzog, mit dem Clas in den Krieg gezogen war, Ritter, Soldaten, unzählige Pferde: Adelheid fürchtete, den Clas könnte die Vorstellung von einem freien Leben wieder in ihren Bann ziehen. Doch er ging allem Abenteuerlichen aus dem Wege. Sie sah es mit Erleichterung.

Auf den Bürgern lastete die Verpflichtung, die hohen Herrschaften und ihr großes Gefolge zu versorgen, vor allem die Burgunder erwiesen sich als anspruchsvoll. Die Metzger gehörten zu denen, die am meisten gefordert waren. Clas war einer von ihnen, und er tat seine Bürgerpflicht so gut wie jeder andere.

Ohne Ergebnis wurde der Fürstentag abgebrochen. Die Teilnehmer reisten ab, ohne ihre Schulden zu bezahlen. Trier war jetzt eine über Jahrzehnte verschuldete Stadt, allein gelassen mit all denen, die am

Rande des Geschehens verkümmerten. Die Hospitäler und die Bruderschaften zur Betreuung der Elenden konnten der Lasten kaum Herr werden, die sie zu bewältigen hatten. Gerade in dieser Zeit der Not war es wichtig, sich einen sicheren Platz im Lebensgefüge der Stadt zu bewahren. Adelheid sah es mit Sorge: Den Clas, so sehr er sich jetzt auch mühte, nahm man nicht mehr ernst. Zu oft hatte er die Gelegenheit vertan, sich zu ändern. In der Zunft der Metzger hatte er sein Ansehen endgültig verloren. Das schmerzte Adelheid auch für sich selber.

Sie trug ihren Kummer in die „Wünnenburg" zu Adelheid Mey.

„Sie zeigen uns offen, wie wenig wir ihnen gelten. Haben sie vergessen, dass ich Peter von Besselichs Tochter bin? Und Clas, ist er nicht der Sohn angesehener Eltern? Keiner von ihnen kann ihm das Wasser reichen. Er tut nun seine Arbeit so gut wie jeder von ihnen. Ein Mann von Ehre ist er. Sie sollen ihn achten, wie es ihm zusteht. Auch um meinetwillen."

„Das sollen sie, Adelheid, und das werden sie …", sie hatte selbst bereits dafür Sorge getragen. Ihr verstorbener Eheherr, der Schöffe Nikolaus Mey, hatte sein großes Vermögen zunächst als Erbe in ihre Hand gegeben, er habe es aber, da sie kinderlos geblieben waren, als Schenkungen und Vermächtnisse vielen Personen, Klöstern und Bruderschaften zugesagt. Das habe sie selbst in einem früheren Testament auch bestätigt. Nun habe sie jedoch das Recht, dieses

Testament für ungültig zu erklären, und das habe sie in Gegenwart ehrbarer und glaubwürdiger Zeugen bereits getan. Bei einem Notar der Hohen Domkirche habe sie alle Verfügungen des alten Testaments zurückgenommen, und sie habe Adelheid von Besselich, die sie als ihre liebe Tochter ansehe, und ihren Eheherrn Clas von Zerf als Erben ihres gesamten Vermögens eingesetzt, so sei es mit Brief und Siegel nach Recht und Gesetz bestätigt.

Heißes Erschrecken. Zwiespalt der Gefühle.

Auf dem runden Eichentisch in der Mitte der Stube die gesiegelten Papiere. Die rechtskundige Tochter des Stadtschreibers erfasste es sogleich: ein rechtmäßiges Vermächtnis. Niemand wird es ihr streitig machen können. Sie wird reich sein, sehr reich, zusammen mit ihrem Eheherrn. Das verloren geglaubte Ansehen wird ihnen zurückgegeben sein, in größerem Maße als je zuvor. Um einen hohen Preis: Die Patin, ihr Rückhalt in all den Jahren, wird ihr dann für immer genommen sein.

Sie konnte nicht wissen, wie bald es schon geschehen würde.

10.

Dort im Trysor liegen nun die Urkunden, die sie und Clas zu den wohlhabendsten Bürgern der Stadt machten. Glatte, unschuldige Papiere, die nichts wissen von Streit, Bestechung, Ränkespielen, jahrelangem Zwist, von Neid und Gier, nichts von Leid und Tod und Tränen, von Versöhnung und Wiedergutmachung. Ihr Eigentum: Die „Wünnenburg", das stattliche Steinhaus aus ehemals ritterlichem Besitz, mit hohen spitzbogigen Fenstern, den vielen Kammern bis in die oberen Stockwerke, der großen Küche gegenüber der holzvertäfelten Kammer, hinter der Kammer die Badestube, die Räume ausgestattet mit schweren Möbeln, mit Gefäßen, auch mit silbernen und goldenen, mit Leinen, Decken, Pelzen, Kleidern in Kisten und Truhen, mit allem, was das Leben angenehm macht. An die „Wünnenburg" angegliedert das Haus „Zum Ring" mit Kornspeichern und Kelterhaus, mit vielen Fudern Wein in den Kellern. Der große Garten hinter den beiden Häusern, darin das Gartenhaus. Die zahlreichen anderen Häuser in Trier, der Grundbesitz in und vor der Stadt, die vielen Weinberge, die Mühle, die Ölmühle. Der Mietzins und die Pachtgelder. Alles besitzt sie noch heute. Sie hat es behalten gegen alle Widerstände. Als es verloren schien, hat sie es nicht aufgegeben. Sie hütet es noch immer. Einen sicheren Ort hat sie jetzt in ihrem Leben. Hier in ihrer Stube darf sie am Feuer sitzen.

„Die Arme, die heute Morgen mit ihrem Kind vor meiner Tür saß." Dieses Bild des Jammers steht ihr vor Augen. „Trine, geh und suche sie. Sie werden zugrunde gehen, wenn sie keinen Schutz finden. Dann stehe Gott uns bei."

Trine will zuerst genügend Holz hereinbringen, um das Feuer in Gang zu halten. Wie stets sorgt sie zuerst für Adelheid.

„Es wird alles geschehen, wie es soll", sagt Trine, „zu seiner Zeit."

Überwog nach Adelheid Meys Tod im Widerstreit der Gefühle die Trauer? Sie wusste es nicht. Sie schämte sich der Freude über das Erbe, das ihr und Clas nach dem Tod der Patin zufiel. Doch nun, da es ihr einmal zugedacht war, wollte sie um keinen Preis davon lassen. Ihre Patin wollte, dass sie es bekam, also durfte, nein musste sie es annehmen. Sollte sie darum Schuldgefühle haben? Warum auch? Clas nahm das, was ihm so unverdient gegeben wurde, ohne jedes Zögern an sich. Der empörte Widerspruch der Verwandten Adelheid Meys, allen voran ihres Bruders, Johann von Fastrau, mehrerer geistlicher Orden, die sich Hoffnung auf den versprochenen Anteil gemacht hatten? Der heftige Einspruch des Jakobshospitals, das von den Zuwendungen reicher Bürger abhängig war? Seit Menschengedenken war das Hospital die Siechenpflegestätte Triers. Seine Wohltätigkeit war lebensnotwendig für die Ärmsten der Stadt. Was ging das den Clas an? Adelheids Bedenken schienen ihm lächerlich. Wusste seine kluge Adelheid nicht, dass es rechtens war, sich das Erbe zu nehmen? Sie schwieg. Es war sein Recht als ihr Eheherr, auch für sie so zu handeln, wie er es für richtig hielt. Ein großes Vermögen konnte viele Türen öffnen, wer würde die Gelegenheit nicht ergreifen.

„Von höchster Stelle ist man an mich herangetreten", sagte er, „man hat Clas von Zerf wahrgenommen, weil er nützlich sein kann. Was denkst du, meine Adelheid, werde ich wohl 1000 Gulden verleihen können? Innerhalb von zwei Jahren will man sie zurückzahlen."

Sie war nicht überrascht. Wo Geld war, da waren schnell auch Bittsteller, die daran teilhaben wollten.

„Eine ansehnliche Summe. – Mit ansehnlichen Summen wollen wir vorsichtig umgehen. – Von höchster Stelle, sagst du. Wirklich von höchster?"

„Man weiß in Trier, und du weißt es auch, wer hohe Summen braucht, um hohe Schulden zu tilgen."

Sie hielt den Atem an. Sie wusste, wen er meinte. Dem Erzbischof und Kurfürsten Johann von Baden hatte sein verschwenderischer Vorgänger eine große Schuldenlast hinterlassen. Die Geistlichkeit war nicht bereit, einen Anteil daran zu übernehmen, sie verweigerte jegliche Abgaben.

„Der Erzbischof?", fragte sie. „Und Seine Gnaden ist bereit, Bürgen für die Summe zu stellen?"

Er nickte. Sie dachte nach.

„Eine Gefälligkeit wäre die andere wert“, sagte sie dann. „Seine Gnaden hätte Möglichkeiten ... ein Amt, das er kraft seiner Vollmacht als oberster Gerichtsherr verleihen könnte ...“, sie ließ ihm Zeit, zu begreifen, was sie meinte, dann fuhr sie fort: „Eines, das dir 1000 Gulden wert sein dürfte ...“, sie sah, dass er endlich verstand.

Schon wenige Tage darauf war Clas in einem der angesehensten Ämter, die ein Bürger der Stadt innehaben konnte. Nur Mitglieder der ältesten und vornehmsten Patrizierfamilien hatten bisher die Ehre, das Amt eines Schöffen zu bekleiden. Clas war vom Erzbischof zum Schöffen ernannt worden, er gehörte damit zum Kreis derer, die in der Stadt zu Gericht saßen. Stolz zeigte er Adelheid das Stadtsiegel, das er als Schöffe nun führen durfte. Sie las ihm den lateinischen Spruch vor, mit dem der Rand des Siegels beschriftet war, und sie wusste, was er bedeutet: „Der Herr segne das trierische Volk und die Stadt.“

Das Metzgerhandwerk interessierte ihn nun nicht mehr, er hatte für den Erwerb des Lebensunterhalts die Arbeit als Metzger nicht mehr nötig. Auch die Auseinandersetzung der Metzgerzunft mit dem Stadtmagistrat um die Fleischbänke, die vom Markt in die Fleischgasse verlegt worden waren, kümmerte ihn wenig. Eine der Fleischbänke hatte zum Besitz Adelheid Meys gehört, sie war nun Teil seines Erbes. Gegen Pachtzins überließ er sie einem der Zunftgenossen.

Doch diejenigen, die sich in ihrer Hoffnung auf Anteile aus Adelheid Meys Erbe getäuscht sahen, gaben keine Ruhe. Klöster, Bruderschaften und Verwandte forderten, worauf sie ein Recht zu haben glaubten.

„Das Jakobshospital können wir nicht außer Acht lassen“, sagte Adelheid, „wir sind es uns schuldig. Wer etwas gilt in der Stadt, unterstützt es. Und ist es nicht verdienstvoll vor Gott und der Welt, den Ärmsten in ihrer Not zu helfen? – Du weißt, wer die Hand über das Jakobshospital hält.“

„Jeder weiß es, es ist der Rat der Stadt“, er sah sie fragend an.

Sie fuhr fort: „Du bist Schöffe, es sollte damit noch anderes denkbar sein. – Du solltest an geeigneter Stelle nicht damit zurückhalten, was dir alles möglich wäre, wenn man dir denn Gelegenheit dazu gäbe. – Die Schulden, die auf der Stadt lasten. Das Jakobshospital …“

Er lachte auf. „So steht es in ihren Regeln: Sie sollen keinen nehmen, der sich in den Rat mit Geld gekauft hat, und er soll stetig und eingesessen sein in Trier, und er soll so viel besitzen, dass er ein Jahr oder ein halbes ohne betteln zu müssen krank liegen kann. Werden sie den Clas von Zerf als einen der Ihren annehmen?“

Sie legte ihm sanft ihre Hand auf den Mund.

Nur wenige Tage vergingen, da unterschrieben Adelheid und Clas die Urkunde über eine Schenkung. Da sie vorhatten, künftig die ererbte „Wünnenburg“ zu bewohnen, überließen sie ihr Haus „Zur Taube“ mit allen Rechten dem Jakobshospital. Das geräumige Anwesen aus altem Schöffenbesitz hatte Clas einst als sein Wohnhaus erworben. Vom Notar ließen sie den Grund zu diesem Vermächtnis aufschreiben: Es sei dies der Zuneigung und Freundlichkeit zu verdanken, die ihnen der Rat der Stadt erwiesen hatte und weiterhin erweisen werde.

„Sie werden es tun, meine Adelheid, ich bin sicher, sie werden mich in den Rat der Stadt berufen. Doch sie erwarten mehr von mir.“

„Wir können es bezahlen. Was verlangen sie?“

„Was meinst du dazu: Sie verlangen 300 Gulden an barem Geld an das Jakobshospital.“

„Gib ihnen 400, und sie werden unsere Rechte auch vor Johann von Fastrau verteidigen. – Und was hältst du davon, diesem einen Weinberg zu überlassen...“

Schon bald wurde durch den Tod eines Schöffen ein Sitz im Rat frei. Nach der Aussöhnung Clas’ mit Johann von Fastrau und mit dem Jakobshospital wurde er als Mitglied in den Rat der Stadt berufen. Mit ihm war Adelheid stolz auf diese Ehre.

„Als Metzgermeister war der Clas ihnen nicht gut genug“, sagte er triumphierend, „nun haben sie mich als Schöffen nehmen müssen.“

„Sie tragen dir nichts nach?“

Er antwortete nicht, wich ihrem forschenden Blick

aus. Sie ließ sich nicht täuschen. Vor ihr konnte er nicht verbergen, wenn etwas Verschwiegenes ihn ärgerte. Sie erriet es, wer ihn im Rat gekränkt hatte, denn in der Stadt hatte man dafür gesorgt, dass ihr ein Gerücht zugetragen wurde. Ein Bürger aus altem Schöffengeschlecht, Heinrich Sauerborn, hatte sich lustig gemacht über Clas, den Metzgermeister, der unversehens zu der Würde eines Schöffen gekommen war. Dem Erzbischof verdanke der Clas seinen Aufstieg in Kreise, die ihm wenig angemessen seien, so habe der Sauerborn gelästert, der Erzbischof ergreife freudig jede Gelegenheit, dem Rat der Stadt zu zeigen, wer das Recht habe, neue Schöffen nach Gutdünken zu ernennen. Es war der alte Streit zwischen Erzbischof und Rat. Man sehe es im Rat gar nicht gern, wenn eines seiner Mitglieder als Günstling des Erzbischofs gelte. Als Bürger müsse man darauf bedacht sein, dem Erzbischof nicht mehr als nötig Gelegenheit zu geben, in Ratsangelegenheiten Einfluss zu nehmen.

Mag der Sauerborn doch sagen, was er will, und mag der Erzbischof seine Gründe haben, dachte Adelheid, das soll uns nicht berühren.

„Der Sauerborn?“, fragte sie wie beiläufig. „Ist es der Sauerborn?“

Er stutzte, Röte stieg in sein Gesicht, dunkel glühte die Narbe auf seiner Stirn.

„Der Sauerborn! Kaum tue ich den Mund auf, grinst er. Spott, wie nebenbei hingeworfen. Der Metzger wird’s nicht verstehn, ich seh’s ihm an, das denkt er. Ich fühl's, sein Spott meint mich. Sein Blick an mir vorbei. Wie durch mich hindurch. Nichts, dass ich ihn packen kann." Er schüttelte die Fäuste. „Wenn ich ihn prügeln könnte, wie ich wollte!"

Er griff den Krug, der vor ihm auf dem Tisch stand, und schleuderte ihn zu Boden, dass er in Stücke sprang. Sie erschrak vor dem unerwarteten Ausbruch seines Zorns. Sie wollte seine Hände fassen, um ihn zu beruhigen. Er stieß sie zurück.

„Der Clas lässt sich nicht verspotten! Der Sauerborn soll sich in Acht nehmen."

Er atmete schwer, stand auf, packte seinen Stuhl mit beiden Händen, hob ihn an und stieß ihn hart auf die Dielen. Wut, die er nicht beherrschen konnte, wie hilflos er ihr doch ausgeliefert war. Mitleid überkam Adelheid. Ihr Clas, dem sie nicht helfen konnte. Sie hätte ihn in die Arme schließen wollen, doch sie sah, dass er es nicht dulden würde. Sie bückte sich und sammelte die Scherben vom Boden auf, sie kniete sich, um die kleinsten Scherben aus den Winkeln der Stube zu sammeln. Da hörte sie, wie er hämisch lachte, sie zuckte zusammen.

Sie richtete sich auf. Sah die kalte Belustigung in seinen Augen. Sein Lachen erzürnte sie. Da warf sie ihm die Scherben vor die Füße.

„Und mich lacht man nicht aus!", schrie sie ihm ins Gesicht.

Er hob seine Hand, schlagen wollte er sie, doch er hielt inne und lief hinaus.

11.

Heute weiß sie es: Weil er sie nie geschlagen hat, kann sie frei von Groll an ihn denken. Sie weiß nicht, warum er es nicht tat. Männern steht es zu, ihre Frauen zu beherrschen, dies gilt als Naturgesetz. „Dem guten wie dem schlechten Pferd die Sporen, der guten wie der schlechten Frau ein Mann, der über sie herrscht, und manchmal der Stock“, so sagt das Sprichwort. Frauen haben einen schwächeren Leib als Männer, also ist auch ihre Seele schwächer, so heißt es, und sie haben doch auch, wie es seit einiger Zeit die Lehre der Kirche ist, eine Seele. Adelheid kennt bei sich selbst diese Schwäche nicht, sie hat sich nie schwach gefühlt.

„Herr, strafe mich nicht, wenn es mir an Demut fehlt“, flüstert sie, „ich will meine Sünde gutmachen an den Ärmsten, die klein und schwach sind vor der Welt.“

Damals, als ihr und Clas das große Vermögen zufiel, lag ihr der Gedanke noch fern, mehr davon abzugeben, als gute Sitte und das Gebot der Klugheit es verlangten. Die prächtige „Wünnenburg“ wollten sie nun bewohnen. Adelheid betrat das Haus im Andenken an die verstorbene Patin mit verhaltener Scheu, ja mit Rührung. Betroffen sah sie, wie Clas durch das Haus stolzierte, vom Keller bis zum Dachboden ohne jeden Respekt alle Türen aufriss, die Schränke,

Kisten und Truhen öffnete, alles in die Hand nahm und seinen Wert abschätzte.

„Hier feiern wir ein großes Fest. Viele Feste! Der Clas wird sich nicht lumpen lassen. Jeder, der in der Stadt etwas gilt, wird eingeladen!“, rief er aus, als er den großen Saal mit den prachtvollen Malereien an der Decke und den Wänden betrat. „Ich hatte nie die Ehre, vom Schöffen Nikolaus Mey eingeladen zu werden. Jetzt wird Clas von Zerf selbst einladen, und sie sollen sagen, keiner habe sie besser bewirtet.“

Die Selbstgewissheit, mit der er die holzvertäfelte Stube in Besitz nahm.

„Dieses Bett hier. Meines. In diesem Bett will ich schlafen.“

„Nein“, sagte sie, „ dieses Bett ist meines. Es gehörte meiner lieben Patin. Hier schlief sie, und nun soll es für niemand anderen sein als für mich. Du kannst dort in dem Bett schlafen.“

Er zögerte, dann gab er nach, er stieg die Stufe zu dem anderen Bett im Raum hinauf, warf sich in die Kissen und breitete weit die Arme aus.

Dort das Bett, das für wenige Jahre das ihres Clas war. Sie waren wohlhabend genug, dass jeder von ihnen ein eigenes Bett hatte. Heute noch schläft sie in dem Bett, das Adelheid Mey ihr vermacht hat. Wie hat sie diesen Ort der Geborgenheit vermisst während der Jahre fern von Trier. Sie ist dankbar, dass sie wieder hier sein darf hat, und hier wird sie, so Gott will, ihren letzten Atemzug tun.

Die Wiege, die immer noch unter dem Bett stand, gab sie bald ihrer Halbschwester Trine für das Kind, das sie in diesem Haus zur Welt brachte. Die Trine schlief mit ihrem Eheherrn, dem Johann Lemge, in einer der oberen Kammern des Hauses, solange sie lebte. Jetzt ist ihre Tochter, die junge Trine, bei Adelheid und sorgt für sie. Sie hat Holz neben dem Kamin gestapelt, sie hat das Feuer in Gang gehalten und sich nahe ans Feuer auf den Boden gesetzt, mit beiden Armen hält sie die angewinkelten Knie umschlossen. Sie schaut still ins Feuer. Adelheid überlässt sie der Ruhe, in die sie versunken ist.

Sie erhoffte in der „Wünnenburg“ für sich und Clas ein neues Leben als hochgeachtete Bürger der städtischen Oberschicht. Würden dem Clas seine früheren Verfehlungen nun verziehen sein? Waren auch die Schatten verblasst, die auf sie als seine Ehefrau gefallen waren? Schon bald bat die Nachbarin Maria Velt, die ein Kind zur Welt gebracht hatte, Adelheid darum, das Neugeborene als Gevatterin aus der Taufe zu heben. Mit Stolz erfüllte Adelheid die Bitte. Es war wichtig, solch eine ehrenvolle Aufgabe angetragen zu bekommen, denn diese Verbindungen zwischen den Familien stärkten das Ansehen innerhalb der Bürgerschaft.

Die Besucher, die zu Clas kamen, baten ihn um

Geldspenden. Er zeigte sich großzügig, wenn die Metzgerzunft ihm nahelegte, verarmte Zunftmitglieder zu unterstützen. Auch zu ihren Festen luden die Metzger ihn nun wieder ein. Er verbarg nicht die hämische Freude, die er empfand, wenn er ihnen absagte. Als Schöffe und als Ratsherr sei er mit wichtigeren Angelegenheiten beschäftigt, zudem müsse er sich um seinen Besitz kümmern, die Mosel hinauf und hinunter, bis in den Hunsrück hinein, er habe keine Zeit. Feste feiere er in seinem eigenen Haus und zusammen mit den Ratsherren im Versammlungshaus.

Ja, er liebte es, ausgelassene Feste in der „Wünnenburg“ zu feiern. Die vornehme Gesellschaft folgte seinen Einladungen. Laut ging es dabei zu, Adelheid sah diesen Festen stets mit Sorge entgegen. Wein floss im Übermaß. Doch auch seine alten Freunde gab Clas nicht auf, den Heinz Speck und den Zender Peter Kuntzig zählte er dazu. Er zeigte sich nicht gerne mit ihnen in der Öffentlichkeit. Lieber lud er sie zu sich in die „Wünnenburg“ ein, oft trank er mit ihnen, bis die Lumpenglocke von Sankt Gangolf sie nach Hause rief.

Man trug es Adelheid zu, wie man in der Stadt über ihren Eheherrn sprach: Clas von Zerf habe auch als Ratsherr nicht gelernt, sein vorlautes Mundwerk im Zaum zu halten. Ein Säufer sei er, so wie er früher einer gewesen sei, in der Trunkenheit ein maßloser Aufschneider. Wo er auch sei, da seien Lärm und Streit nicht weit. Er sei der alte Unruhestifter geblieben.

Adelheid wies das Gerede zurück. Ihr Clas war kein Heuchler, keiner, der dazu geboren war, sich zurückzuhalten. Streit? Wenn man ihm kleinlich alles nachtrug! Gewiss hatte man ihn herausgefordert. Was sollte sie anderes tun als zu ihm zu halten, sie musste es auch um ihrer selbst willen tun. Doch trotz aller Demütigungen, aller Schmerzen, die sie seinetwegen zu ertragen hatte, er blieb dennoch der, dem sie angehören wollte.

Das friedliche Leben, das sie sich erhofft hatte, wollte nicht einkehren. Nach der Einigung mit der Jakobsbruderschaft glaubte sie das ererbte Vermögen gesichert. Die Klöster jedoch, die sich um die zugesagten Anteile betrogen sahen, gaben nicht auf. Die Deutschherren, Karmeliter, Dominikaner und Augustiner wollten ihre Ansprüche bei Gericht einklagen. Kostspielige Prozesse standen Adelheid und Clas bevor. Die Entscheidung ließ viele Jahre auf sich warten.

Zornentbrannt kam Clas eines Tages nach Hause.

„Was mir zusteht, werden sie mir nicht streitig machen können! Brief und Siegel geben mir Recht!" Er beruhigte sich erst wieder, als er den Krug Wein geleert hatte, den Adelheid ihm hinstellte, um ihn zu besänftigen. Nach und nach erfuhr sie, was ihm im Versammlungshaus der Ratsherren zu Ohren gekommen war: Die Klöster hatten sich an den Erzbischof gewandt! Von ihm verlangten sie ein Urteil im Streit um das Erbe der Adelheid Mey. Den frommen Gemeinschaften seien die einst zugesagten Vermächtnisse doch wohl angemessener als einem Clas von Zerf und seiner Ehefrau.

Den Clas hatten vor allem die spöttischen Bemerkungen der Ratsherren verärgert. Adelheid legte beschwichtigend ihre Hände auf seine, er ließ es zu. „Auch der Erzbischof muss anerkennen, was rechtens ist, auch er muss sich an die Gesetze halten“, sagte sie bestimmt, „auch er wird die Dokumente prüfen und die Besiegelung respektieren. – Sollen die Klöster doch Ansprüche stellen. Es wird ihnen nichts nützen. Das Recht ist auf deiner Seite, der Erzbischof wird es einsehen müssen. – Zumal er in deiner Schuld steht. – Zwei Jahre sind längst vorbei. Sind die Schulden Seiner Gnaden, so wie zugesagt, getilgt?“

Er stutzte, zog die Stirn in Falten, schüttelte den Kopf.

„Jeder in der Stadt weiß, dass er nicht dazu imstande ist“, fuhr sie fort, „du könntest ihn wissen lassen, dass es nicht nötig sei, Eile zu haben mit der Rückgabe von 1000 Gulden. Und dann könntest du …“

Er schlug mit der flachen Hand auf den Tisch, dass der Becher vor ihm tanzte, und lachte laut auf. Er hatte verstanden, was sie sagen wollte.

„Sobald man mich vorlässt, werde ich Seiner Gnaden einen Besuch abstatten. Adelheid, noch einen Krug Wein! Ich werde behalten, was mit zusteht.“

Uns zusteht, wollte sie sagen, doch sie schwieg. Sie

sah sein gerötetes Gesicht, die glühende Narbe, das Flackern in seinen Augen, sie ging und brachte ihm, was er verlangte, ehe er es wütend fordern würde.

Hatte die landesherrliche Verwaltung wichtigere Angelegenheiten zu bearbeiten als den Streit um Vermögensanteile? Nach drei Jahren war es noch nicht zu einer Entscheidung gekommen. Clas konnte seine Ungeduld nicht länger beherrschen. Er suchte die Schreibstube der kurfürstlichen Verwaltung auf und drängte auf eine baldige Lösung, da doch offensichtlich sei, welche Seite in diesem Falle Recht bekommen müsse.

Adelheid sah den Missmut in seinem Blick, als er die „Wünnenburg" betrat.

„Ich hatte gehofft, Seine Gnaden persönlich …", sagte er, „doch man hält mich hin. Man hat ein Schiedsgericht berufen. Ein Mann der hohen Geistlichkeit, drei Schöffen und der Schultheiß von Sankt Maximin sollen nun ein Urteil finden."

„Es kann uns nur recht sein, wenn unbestechliche Männer die Urkunden prüfen", sagte sie.

„Unbestechliche Männer!" Seine Stimme bebte vor Zorn. „Einer der Schöffen ist der Sauerborn. Er wird versuchen, mir zu schaden, wenn er kann."

Sie wusste, er war dem Spott Heinrich Sauerborns hilflos ausgeliefert; gegen den Sauerborn konnte er sich nicht wehren.

Sie dachte eine Weile nach, dann sagte sie: „Du solltest den Sauerborn nicht fürchten, seine Stimme wird eine von fünfen sein. Man weiß in der Stadt, dass er kein Freund des Clas von Zerf ist. Schon um seiner eigenen Ehre willen wird er klug genug sein, einem gerechten Urteilsspruch zuzustimmen."

„Ich ihn fürchten. Ich fürchte ihn nicht …"

Endlich der Tag, an dem man Clas vor das Schiedsgericht rief. Es wurde ihm mitgeteilt und urkundlich bestätigt: Die Klöster haben keine begründeten Ansprüche an Clas von Zerf und Adelheid von Besselich. Es konnte zweifelsfrei bewiesen werden, dass Adelheid Mey bei gesundem Leib und Verstand vor einem Notar der Hohen Domkirche und vor glaubwürdigen Zeugen alle früheren Vermächtnisse für ungültig erklärt und Adelheid von Besselich und ihren Eheherrn Clas von Zerf als alleinige Erben eingesetzt hat. Diese beiden sind nicht verpflichtet, den Orden einen Anteil zu geben, es ist ihnen freigestellt, es aus dem Bedürfnis nach Wohltätigkeit zu tun, wenn es ihr Wille ist.

Sie atmete auf.

Und dennoch. Warum nun dieses heimlich nagende Gefühl? Diese Gedanken nicht zulassen, die aus dem tiefsten Inneren ins Bewusstsein drängen wollten. Alles war rechtens. Was uns die Patin aus freiem Entschluss zugedacht hat, gehört uns … Können wir es nicht guten Gewissens das Unsere nennen? Die Urkunde bestätigt, dass es unser Erbe ist. Adelheid verschwieg ihre verborgenen Skrupel.

Voller Selbstgewissheit genoss Clas seinen Sieg:

„Mein Recht. Sie mussten mir mein Recht zugestehen. Clas von Zerf ist Herr über ein großes Vermögen."

Sie zögerte lange, doch dann sagte sie: „Durch die Güte meiner lieben Patin Adelheid ist es uns gegeben worden. Es wird verdienstvoll sein vor Gott und in den Augen der Stadt, wenn wir denen, die sich nun betrogen glauben, eine Gabe zukommen lassen ..."

„...die sich betrogen glauben?"

Sie sah sein Widerstreben, doch unbeirrt fuhr sie fort: „Wir können es uns leisten, großzügig zu sein. Wird es nicht ehrenvoll sein, da wir es aus eigenem Willen tun?"

Als über sein Gesicht der Anflug eines Lächelns huschte, wusste sie, dass er begriffen hatte.

Endlich Hoffnung auf den ersehnten Frieden? Clas schien ihr verändert. Seine angespannte Unruhe wich langsam. Zu Hause waren die Ausbrüche von Wut und zügellosem Prahlen seltener geworden, auch das Trinken im Übermaß. In guten Stunden zeigte er sich freundlich, sogar liebenswürdig im Umgang mit ihr, nicht ohne den lockeren Spott, den sie von jeher an ihm kannte. Sie wusste, dass sie ihm gewachsen war, ja mehr als das, doch sie hütete sich, es ihm zu zeigen.

Das große Vermögen zu verwalten war keine leichte Aufgabe. Clas verstand bald, dass es ihm unmöglich war, ohne ihre Unterstützung zurechtzukommen. Er ließ sie gewähren in allem, was sie tat. Bald hielt sie die Fäden in der Hand, ohne ihn spüren zu lassen, wie abhängig er von ihr war.

Der Erzbischof, der bei ihm in der Schuld stand, ließ darum bitten, ihm noch einmal Aufschub zu gewähren. Clas war verärgert. Sollten Seine Gnaden nicht endlich zahlen, so wie er es vor Zeugen zugesagt hatte?

„Es kann nur vernünftig sein, sich bei Seiner Gnaden in ein gutes Licht zu stellen“, beschwichtigte ihn Adelheid. „Was kostet es uns, wenn du seine Bitte erfüllst?“

Er grübelte. „Vielleicht sollte ich ihm die Schuld erlassen?“

Energisch schüttelte sie den Kopf. „Nein, dieses Pfand nicht aus der Hand geben. Wer weiß, wie man es wird einlösen können.“

Bald darauf, man schrieb das Jahr 1483, erhob der Kurfürst Clas von Zerf in das höchste Amt, das ein Bürger der Stadt erlangen konnte. Er ernannte ihn zum Bürgermeister. So war Clas nun zusammen mit dem zweiten Bürgermeister, dem Leiendeckermeister Johann Selheim, der nach den Gesetzen der Stadt als Vertreter der Zünfte gewählt war, Vorsitzender des Rates und des Stadtgerichts.

War nun alles gut? Würden sie Clas von Zerf endlich die Achtung erweisen, die ihm zustand? Ihm sein ungestümes Wesen, das nun einmal zu ihm gehörte, nachsehen? Adelheid sorgte dafür, dass er sich ein Gewand schneidern ließ, das seiner Würde angemessen war: ein schwarzseidenes Wams, auf dem die Amtskette wirkungsvoll zur Geltung kommen sollte, schwarze Beinkleider und einen knielangen schwarzen Mantel mit weiten pelzbesetzten Ärmeln. Er ließ es zu, ohne darüber zu spotten. Auch war es an der Zeit, ein eigenes Wappen in Auftrag zu geben. Nur wohlhabende und angesehene Familien konnten ein eigenes Wappen führen. Und so sollte es aussehen: Auf blauem Grund ein silberner Amboss, umgeben von drei silbernen Sternen, ja, dieses Bild passte zu Clas. Drei goldene Rosen auf rotem Grund, in der Mitte ein goldener Stern, dieses Bild wählte Adelheid für sich selbst.

12.

Ihre Wappen auf dem Bildnis, das sie beide zeigt: Heute an diesem besonderen Tag, dem Gedächtnistag seines Todes, will sie es anschauen. Sie will davor verweilen. Ihrem Clas auf diesem Bild begegnen.

„Trine, wir gehen nun zusammen zur Liebfrauenkirche."

Trine fällt es schwer, sich vom Kaminfeuer zu lösen. Nein, sagt sie, Mutter Adelheid habe doch schon so lange in Sankt Gangolf gebetet. Der Regen hat nicht nachgelassen, es wäre vernünftiger, es sich am Feuer wohl sein zu lassen.

Doch Adelheid lässt sich nicht von ihrem Vorhaben abbringen. „Die wenigen Regentropfen werden uns nicht schaden. Es ist nicht weit nach Liebfrauen."

Trine sieht, dass sie nachgeben muss. Sie nimmt aus einer der Truhen ein großes, dicht gewebtes Wolltuch und legt es Adelheid, ehe sie aufbrechen, über Kopf und Schultern.

Draußen schlägt ihnen kalter Wind entgegen. Vor der Tür lauern einige Bettler. Als die Frauen erscheinen, erheben sie ein jämmerliches Klagegeschrei. Die beiden erschrecken, als die Bettler grob an ihren Kleidern zerren. Trine will Adelheid ins Haus zurückziehen, doch die bleibt stehen.

„In Gottes Namen!“, ruft sie streng und weist mit ausgestreckter Hand das zudringliche Bettelvolk zurück. „Trine, hole ihnen Brot, jedem so viel, dass er heute satt werden kann.“

Jeder von ihnen, der aus Trines Hand sein Brot erhält, presst es sofort an seinen Leib und rennt davon, ehe es ihm von einem anderen weggerissen wird. Als die Bettler verschwunden sind, spürt Adelheid, wie ihre Hände zittern, es dauert lange, bis sie sich fassen kann. Dann geht sie, von Trine gestützt, zur Liebfrauenkirche. Dort ist nach den Prozessionen und Messen des Vormittags eine kurze Zeit der Ruhe eingekehrt. Nur wenige Menschen halten sich in der Kirche auf. Gleich hinter dem Eingang bleibt Adelheid einen Augenblick an der Stelle stehen, von der aus jede der zwölf Säulen zu sehen ist, die den hohen Innenraum tragen. Bald nach dem Tod ihres Eheherrn hat sie auf diese Säulen die Bilder der zwölf Apostel malen lassen. Im schwachen Licht, das durch die bunten Glasfenster dringt, und im Schein weniger brennender Kerzen sind sie schwer zu erkennen. Auf jedem der Bilder ruht Adelheids Blick eine Weile. Dann geht sie zielstrebig auf eine der Säulen im äußeren Säulenkreis zu. Vor einigen Jahren hat sie darum gebeten, für sie einen einfachen Kirchenstuhl dort aufzustellen, man hat ihr die Bitte erfüllt. Dorthin setzt sie sich nun.

Sie wendet sich zur Trine. „Trine, geh du nur, suche nach der Bettlerin mit ihrem Kind und..."

„Nein, Mutter Adelheid", wehrt Trine ab, „ich bleibe bei Euch."

Sie hockt sich in Adelheids Nähe auf den Steinboden, senkt den Kopf, schließt die Augen, faltet die Hände wie zum Gebet. Hier wird sie bleiben, sie wird nicht eher aufstehen, bis sie mit Adelheid die Kirche verlassen kann.

Adelheid liebt es, hier vor dem Bildnis des Apostels Judas Thaddäus zu verweilen. Von geringer Größe zu seinen Füßen kniend hat sie ihrer beider Bild malen lassen: Clas als ihren Eheherrn zur Rechten des Apostels, sie selbst zu seiner Linken, vor ihnen die beiden Wappen. Auf dem Bild trägt sie, wie es der Kleidung entspricht, die sie jetzt trägt, die schwere Tracht einer Witwe; sie hält das aufgeschlagene Gebetbuch in ihren Händen; durch ihre Finger gleitet der Rosenkranz aus roten Perlen. Auch in diesem Augenblick hält sie die Kette in den gefalteten Händen. Die glatten runden Perlen einfach nur anzufassen gibt ihr Ruhe beim Betrachten des Bildes.

Dort der Clas. Im langen grauweißen Gewand des Büßers. Auch er hält einen Rosenkranz in den Händen. Feingliedrigen schmalen Händen. Sie ließ den Maler damals gewähren, es gefiel ihr, wie er die Hände des Clas malte. Es sollten nicht die derben Hände sein, die er im Leben oft mit roher Kraft gebrauchte, auf Tische niedersausen ließ, zu Fäusten ballte, mit denen er auch zuschlug und verletzte. Dort im andern Leben sind diese Hände neu und sanft geworden. Seine langen dunklen Locken. Er trug sein Haar länger als die Männer seiner Zeit, anders, als es der Mode entsprach. Nein, den Clas konnte man nicht bändigen, in nichts beschneiden, er machte, was er wollte. Zu Füßen des Apostels Judas Thaddäus, des Patrons für alle schweren, nach menschlichen Maßstäben unlösbaren Fälle, hat sie ihn und sich selbst malen lassen. Klein, demütig bittend.

Sie sucht in dem gemalten Angesicht nach den vertrauten Zügen, sie kann sie nicht finden.

„Niemand sah dich so, wie ich dich sah.“

Sie schließt die Augen. Immer öfter kommt es vor, dass es ihr nicht gelingt, sein Bild vor sich zu sehen, wenn sie es vor ihr inneres Auge rufen will, es verschwimmt, verblasst. Sie presst die Lider fest zusammen, als wolle sie es heraufbeschwören, doch auch heute weicht es zurück. Ihr ist, als verlöre sie ihn noch einmal. Wehmut erfasst sie, ein Schmerz ohne

Tränen. Sie öffnet die Augen. Ich werde dich sehen, dort, wo du jetzt bist, in der Ewigkeit, sagen ihre Gedanken zu dem gemalten Bild. Ich vertraue auf die Fürsprache des heiligen Judas Thaddäus am Tage der Auferstehung des Fleisches, „carnis resurectionem", wie es in lateinischer Sprache unter dem Bild geschrieben steht. Am Tage des Gerichts am Ende der Zeit. Das endgültige Urteil des Weltenrichters soll uns nicht trennen, „Heiliger Judas Thaddäus, bitte für uns …"

Furcht will sich ihrer bemächtigen. Sie stöhnt leise auf.

Die Trine schreckt aus ihrer Versunkenheit auf. „Was ist mit Euch, Mutter Adelheid?"

„Es ist gut, Trine."

„Heiliger Judas Thaddäus …", fester umfasst sie die Perlen in ihrer Hand. Viel Gutes hat sie schon getan im Gedenken an das Seelenheil ihres Clas und ihres eigenen. Auch mit dieser Kirche ist sie durch zahlreiche Stiftungen verbunden. Nicht nur die Apostelbilder auf den Säulen hat sie bezahlt, auch für einige silberne Leuchter, Messgewänder und viele kostbare Schmuckstücke der Figur der allerseligsten Jungfrau Maria. Die alljährliche Rente aus einem Weingarten hat sie dieser Kirche für alle Zeiten geschenkt. Sie hat viele Gulden gezahlt, damit an allen Samstagen das „Ave maris stella" und das „Salve Regina" gesungen wird und fünf Kerzen dazu angezündet werden. So hat sie es urkundlich festgelegt: „Gott dem Allmächtigen zum Lobe, seiner gebenedeiten Mutter und allen Heiligen zu Ehren, uns armen Menschen hier auf Erden und aller Verstorbenen zur Minderung unserer Sündenlast und allen Gläubigen zum Trost und zum Heil.“ Ja, diesen Trost empfindet sie nun. Nichts von dem, was sie Gutes getan hat, wird verloren sein, darauf vertraut sie.

Sie hört, wie sich vom südlichen Portal her unter Psalmengesang vom Dom eine der täglichen Prozessionen nähert. Vorbei die Augenblicke der Ruhe. Ihr Blick umfasst noch einmal ihr und ihres Clas Bildnis. Sie beide werden hier miteinander in der Obhut des Apostels bleiben, dieser tröstliche Gedanke wird mit ihr gehen.

„Trine, komm nun“, und die Magd erhebt sich, um sie nach Hause zu geleiten.

Immer noch fällt Regen. Schwer lastet die nasskalte Luft. Der Weg zurück in die Palastgasse ist beschwerlich. Adelheid ist erleichtert, als sie aus der schlammverschmutzten Gasse in ihr Haus tritt.

In der Stube glühen noch Scheite im Kamin. Schon bringt eine Magd eine Schüssel mit heißer Hafergrütze für Adelheid. Die Trine soll mit ihr essen, sie bittet sie, sich einen Löffel zu holen, und die beiden Frauen essen zusammen aus der Schüssel.

„Nun geh, Trine“, sagt Adelheid, als die Schüssel lehr ist, „suche die Frau mit ihrem Kind. Sie soll zu essen bekommen und satt werden.“

Als Trine gegangen ist, lehnt Adelheid sich in ihrem Stuhl zurück. Gesättigt ist sie, an Leib und Seele hat sie Trost erfahren. Der Schmerz ist gemildert. Wärme durchströmt bald ihren ganzen Körper. Sie schließt die Augen und überlässt sich den Bildern ihrer Gedanken.

13.

Der Tag, an dem Clas, von Unrast getrieben, in der „Wünnenburg" laut schimpfend auf und ab lief. Mit den Fäusten trommelte er auf Tische und an Wände, er packte Stühle und stieß sie krachend auf die Dielen. Becher um Becher Wein schüttete er in sich hinein.

„Sie werden es nicht wagen! Ich bin der Bürgermeister, der Kurfürst hat mich eingesetzt, sie werden es dulden müssen!"

Es dauerte lange, bis Adelheid verstand, was ihn so sehr aufbrachte. Er kannte den Tag und die Stunde, an dem eine Ratssitzung stattfinden sollte, nun erwartete er den Zender, der ihm die Einladung zu dieser Sitzung zu überbringen hatte. Doch der Zender erschien nicht. Nach Stunden vergeblichen Wartens war offensichtlich, dass der Rat ihn von seiner Sitzung ausgeschlossen hatte.

„Du bist der Bürgermeister und hast den Vorsitz im Rat!", empörte sich Adelheid. „Sie sind verpflichtet, dich einzuladen."

„Ich hab's ihnen deutlich gesagt bei der letzten Ratssitzung: Ich weiß besser als sie, wie viel Marktzoll man von den Metzgern erheben soll. Die Herren sind es nicht gewöhnt, dass man ihnen widerspricht. Es passt ihnen nicht, wenn ich den Mund aufmache. Und das tue ich, ich lasse mir von niemandem den Mund verbieten! Und nun haben sie seit diesem Jahr endlich ihr neues Versammlungshaus, die Steipe am Markt, und sie nutzen es fleißig, und jetzt wollen sie es noch mit allerlei Zierrat geschmückt haben! Das werde ich nicht dulden! Zur Ehre und zum Ansehen einer stolzen Bürgerschaft? Kostspieliger Tand! Ich will, dass sie dem Rentmeister bewilligen, das Geld für die Stadtverteidigung auszugeben. Das Geschrei hättest du hören sollen ...", und er stieß wilde Flüche aus, die in unbändiges Lachen übergingen. „Ausgelacht hab' ich sie. Sie sollten nicht glauben, ich legte großen Wert auf das Bürgermeisteramt, es koste mich viel Zeit. Würde lieber meinen Geschäften nachgehen. Hab's ihnen ins Gesicht gesagt. Ich wolle ihnen sogar schenken, was sie an Zierrat für die Steipe haben wollten, hab ich ihnen gesagt, wenn ich dafür die Last los wäre. Hinterlistige Bande ..."

Immer schwerer wurde seine Zunge, bis er schließlich verstummte und sich auf den nächsten Stuhl fallen ließ. Der Kopf fiel ihm auf den Tisch. So blieb er sitzen. Schwer atmend, die Arme weit von sich gestreckt, schlief er ein. Adelheid wagte nicht, ihn zu wecken, sie wachte lange neben ihm, bis er aus seinem unruhigen Schlaf aufschreckte und mit stierem Blick um sich schaute. Er ließ sich ohne Widerstand zu seinem Bett führen und sich von ihr die Schuhe von den Füßen streifen. Er schlief bis zum Morgen des folgenden Tages. Schlaflos lag sie die ganze Nacht. War ihr Mitleid mit ihm stärker als ihr Zorn auf seine Maßlosigkeit? Sie wusste es nicht.

Finster brütete er dann den ganzen Tag vor sich hin, Verwünschungen murmelnd: „Jede Kleinigkeit, jedes Räuspern und Husten protokollieren sie, schreiben Urkunden darüber, krakeln ihre Unterschriften darunter, und die Wichtigtuer behängen sie mit ihren Siegeln, und mich, den Bürgermeister, den der Erzbischof selbst in sein Amt eingesetzt hat, wollen sie eigenmächtig, ohne jede Förmlichkeit, von seinem Amt absetzen! Das lässt Clas von Zerf nicht zu."

Auch zur nächsten Ratssitzung lud man ihn nicht ein.

„Meine Kette! Meinen Mantel!", brüllte er.

Kein Wort sonst verlor er, ehe er aus dem Haus stürmte. Kein Wort auch von Adelheid, als sie ihm brachte, was er verlangt hatte. Sie wusste, was er nun tun würde, und sie war stolz auf ihren Eheherrn, der sich nicht nehmen ließ, was ihm zustand. Voller Ungeduld wartete sie auf seine Rückkehr. Sie hastete durch das Haus, ziellos durch alle Räume, bis sie sich schließlich in der holzvertäfelten Stube ans Fenster setzte. Eine Weile sah sie hinaus in den Garten, doch sie fand keine Ruhe. Es hielt sie nicht länger in der Stube, sie stand auf und ging hinauf in den Saal, sie durchmaß den Raum in großen Schritten.

„Wenn sie ihm sein Amt nähmen, verlöre er sein Ansehen. Und ich mit ihm das meine. Wir werden es nicht dulden."

Unendlich langsam schien die Zeit zu vergehen. Sie horchte auf die Geräusche im Haus, hörte die Mägde hantieren, Trines kleine Tochter rief nach der Mutter. Endlich das Schlagen der Haustür, die harten Schritte des Clas. Seine Stimme dröhnte durch das Haus, nach Wein verlangte er.

Sie erstarrte. Voller Zorn war er zurückgekommen. Sie wusste, was das bedeutete: Das Amt würden sie ihm streitig machen. Welche Schande! Lange blieb sie oben an der Treppe stehen. Sie zwang ihre jagenden Gedanken zur Ruhe. Endlich fasste sie sich und stieg die Treppe hinunter.

Den Clas fand sie in der Stube. Er saß am Tisch, vor sich den Wein, den man ihm schon gebracht hatte, den Krug hatte er zur Hälfte geleert. Sie setzte sich zu ihm und ließ ihn reden, ohne ihn zu unterbrechen.

In stockenden Sätzen brach es aus ihm heraus. „Bin geradewegs auf den Johann Selheim zu. Was ihm einfällt, ohne den andern Bürgermeister eine Sitzung abhalten zu wollen. Dem sei nichts von einer Sitzung mitgeteilt worden. Ich müsse es wissen, denn der andere, der sei ich selber. Sagt der Selheim, sie hätten keinen andern. Der habe selbst gesagt, er wolle die Last los sein. Habe ich etwa gesagt, ich wolle kein Bürgermeister sein? Haben sie etwa das Recht, mich zu entlassen? Mich hat der Erzbischof eingesetzt! Hättest sie hören sollen, wie sie über mich herfielen: Ihr und Euer Erzbischof! Ich würde dem Erzbischof Ratsangelegenheiten verraten! Da habe der sich herauszuhalten. Schrien alle durcheinander: Ja ja, hat sich aus Ratsangelegenheiten herauszuhalten! Ich weiß wohl, welcher Heuchler sie aufgehetzt hat! Hab's ihnen ins Gesicht gesagt: Dem Sauerborn hab ich's zu verdanken."

Mit beiden Fäusten schlug er auf den Tisch. Er griff nach dem Becher, sah, dass er leer war, setzte den Krug an die Lippen und leerte ihn bis zur Neige.

Immer lauter wurde seine Stimme. „Den Clas entlässt man nicht. Der wird sich wehren. War als Soldat im Krieg. Weiß wie man sich wehrt. Wenn ich nur will, bringe ich fünf – ja sechshundert Mann zusammen, die mir zur Seite stehen. Hab's ihnen ins Gesicht gesagt."

Adelheid sprang auf. „Nein und nein! Das lassen wir nicht zu! Es gibt Herren, die mehr zu sagen haben als der Rat der Stadt!"

Schnell verbreitete sich die Nachricht: Clas von Zerf wird nicht mehr zum Rat geladen. Man will ihn nicht mehr als Bürgermeister anerkennen. Adelheid empfand tiefe Scham über die Schande, die ihnen angetan wurde, doch niemand sollte glauben, man könne sie demütigen. Wie jeden Tag ging sie weiterhin zu den werktäglichen Gottesdiensten. Zusammen mit Clas schritt sie an den Sonntagen, in ihr bestes Gewand gekleidet, zur Messe nach Sankt Gangolf. Sie ließ sich nicht davon abhalten, selbst zum Markt zu gehen. Unterwegs beschleunigte sie ihre Schritte nicht, sie ging niemandem aus dem Weg, vor spöttischen Blicken schlug sie nicht die Augen nieder. Es kränkte sie, wenn man sich von ihr abwandte, doch sie verbarg es hinter einem Lächeln.

An einem der folgenden Tage kam, unerwartet in dieser angespannten Atmosphäre, Besuch aus der Nachbarschaft.

Adelheid und Maria Velt hatten in guten Tagen freundschaftlichen Umgang miteinander gepflegt. War es nun Neugier, die die Nachbarin in die „Wünnenburg“ trieb? Die beiden Frauen saßen in der Stube beieinander, ein lebhaftes Gespräch, wie es sonst bei ihnen üblich war, wollte nicht in Gang kommen. Wie es den Kindern gehe? Der kleinen Patentochter Adelheid? Wie man sehe, gedeihe sie recht gut. – Jaja, recht gut. – Und das Jüngste? – Krank sei es. Man hoffe, es durchzubringen. – Und der Eheherr? Viel in Geschäften unterwegs? – Ja, wieder unterwegs. Gebe Gott, er käme bald gesund nach Hause. Wie es denn in der „Wünnenburg“ stünde? Man sehe Herrn Clas so selten, man hoffe, er sei mit Gottes Hilfe bei guter Gesundheit …

Nun war es also heraus: Die Nachbarin wollte wissen, wie man im Nachbarhaus mit dem Gerede über Clas' Entlassung aus dem Rat umging.

Die Frau Nachbarin sollte hören, wie sie, Adelheid, die Sache betrachtete. Sie sagte: „Ihr wisst es so gut wie ich und wie jedermann in der Stadt. Mein Eheherr geht nun nicht mehr zu den Sitzungen des Rates, und Ihr wisst auch warum, weil er nämlich nicht mehr eingeladen wird. Und das allein durch Hass und Missgunst! Ein Unrecht ist es, was man uns damit antut."

Sie gab sich keinerlei Mühe, ihren Ärger zu verbergen. Betretenes Schweigen. Adelheid sah, wie Maria Velt zum Sprechen ansetzen wollte, dann aber innehielt, nach Worten suchte.

„Frau Nachbarin", fing sie schließlich an, „über Herrn Clas redet man viel in der Stadt. Er tue im Rat Sachen, wenn die wahr sind, nun, dann ist auch das ein Unrecht."

„Was spricht man?"

Andeutungen, vage Behauptungen. Ungehaltenes Nachfragen. Der Herr Clas habe, sagte die Nachbarin, seit er Bürgermeister sei, so viel Unruhe und Verwirrung gestiftet, dass man seinetwegen gar nicht die Ratsangelegenheiten habe verhandeln können.

So hartnäckig Adelheid auch nachfragte, mehr war der Nachbarin heute nicht zu entlocken. Als sie gegangen war, grübelte Adelheid lange über das Wenige, das sie erfahren hatte. Die Nachbarin wusste mehr, als sie preisgeben wollte, dessen war sie sich sicher.

Am nächsten Tag zur Mittagsstunde sah Adelheid den Heinrich Sauerborn im dunklen Mantel eines Schöffen, einen langen Stab in der Hand, gemessenen Schrittes die Palastgasse herunterkommen. Da stürzte aus seinem Haus der Johann Velt auf den Sauerborn zu, hielt ihn an, die beiden standen lange zusammen in angeregtem Gespräch, die Köpfe nahe beieinander. Adelheid sah es genau: hin und wieder ein verstohlener Blick zur „Wünnenburg“ herüber. Es dauerte lange, ehe der Sauerborn weiterschritt. Das musste sie wissen, was da beredet worden war! Hinüberlaufen ins Nachbarhaus? Besser wäre es, die Nachbarin in die „Wünnenburg“ zu bitten. Eine Magd hinüberschicken. Die Maria Velt einladen. Die Pfirsiche im Garten hinter dem Haus seien reif. Ob man davon kosten wolle? Frisch vom Baum? Man wolle der Nachbarin einen Korb Pfirsiche schenken.

Maria Velt ließ nicht lange auf sich warten. Man ging in den Garten, kostete die Pfirsiche, fand sie wirklich köstlich, sagte, man nehme mit Dank gerne einen Korb Früchte an, setzte sich dann in der Stube miteinander ans Fenster und schaute der Magd zu, wie sie die Früchte vom Baum pflückte. Langsam tastete Adelheid sich an das heran, was sie erfahren wollte.

„Der Eheherr ist gesund von seiner Reise zurückgekommen?“

„Gott und all seinen Heiligen sei Dank, er ist gesund zurück."

„War lange unterwegs. – So weit in der Fremde. Und dann hört man so lange nichts von seiner lieben Vaterstadt, was da alles so geschieht." Schweigen. Dann leise: „Und wüsst's doch gerne. – Sah Euren Eheherrn heute in seinem Wams auf die Gasse laufen. War das nicht der Sauerborn, mit dem er sprach?"

Maria Velts irritierter Blick. „Ja, war der Schöffe Sauerborn, war auf dem Weg in die Steipe, es gab dort ein Mahl für die Schöffen."

„Der Sauerborn meint es nicht gut mit meinem Eheherrn, jeder in der Stadt weiß es. – Sagt mir doch, liebe Nachbarin, hat der Sauerborn ... was hat er Eurem Eheherrn berichtet?" Als sie keine Antwort bekam, beugte sie sich weit zu Maria Velt hinüber. „Ihr wisst etwas, was Ihr mir verschweigt. Nachbarin, ich bitte Euch, mir zu sagen, was der Sauerborn über meinen Eheherrn gesprochen hat."

Alle Freundlichkeit wich aus Maria Velts Gesicht. Sie wisse nichts. Habe nicht gehört, was gesprochen wurde. Ja, es könne sein, dass man über Herrn Clas gesprochen habe. Sie habe aber nicht genau verstanden wie und was.

Adelheid gab nicht auf. „Wenn Ihr, liebe Nachbarin, nicht alles verstanden habt, was auf der Gasse gesprochen worden ist, dann könntet Ihr doch ... in der Nacht ... wenn Ihr bei Eurem Eheherrn im Bette liegt … also wenn er … Ihr könntet Euch ihm doch verweigern, bis er Euch endlich … also bis Ihr wisst, was der Sauerborn über Herrn Clas …"

Maria Velt sprang von ihrem Stuhl auf. „Nachbarin, wofür haltet Ihr mich? Was Ihr von mir erwartet, gehört sich nicht für eine ehrbare Frau", sie wandte sich um und ging grußlos davon.

Die Pfirsiche waren vergessen. Für viele Jahre war die gute Nachbarschaft zerbrochen.

Es war für Adelheid offensichtlich, in der verschlossenen Miene der Nachbarin hatte sie es gelesen: Der Sauerborn hat mit Johann Velt über Clas gesprochen. Gelästert vielmehr. Die alten Anschuldigungen wiederholt. Es konnte nicht anders sein. Ja, sie war sich sicher, der Sauerborn hatte ihren Clas beschuldigt. Die alten Verleumdungen.

Der Clas stieß Flüche und Verwünschungen aus, als er davon hörte. Sie ließ ihn toben, nur mühsam bezwang sie ihren eigenen Zorn. Er verstummte und sah Adelheid wortlos zu, wie sie Papier, Tinte und Feder aus dem Trysor holte.

Das Schreiben ging ihr leicht von der Hand. Ohne zu fragen und ohne zu zögern, ohne einmal dabei aufzuschauen, schrieb sie an den Erzbischof. Seiner Gnaden untertänigster Clas von Zerf vertraue auf die Güte seines Herrn. Im Streit mit dem Schöffen Heinrich Sauerborn, der ihn arglistig verleumde, sei kein Ende zu finden. Man gehe schimpflich um mit dem von Seiner Gnaden selbst eingesetzten Schöffen und Bürgermeister. Seine Gnaden möge ihm beim Rat zu seinem Recht verhelfen.

Clas hörte zu, als sie ihm das Schreiben vorlas. Wortlos nahm er ihr mit hartem Griff die Feder aus der Hand und unterzeichnete den Brief. In der Frühe des folgenden Tages brachte er ihn zur kurfürstlichen Verwaltung.

Am gleichen Tag sandte der Rat einen Boten zu ihm. Tag und Stunde nannte man ihm, da er sich im Rathaus einzufinden habe. Man wolle seinen Streit mit dem Schöffen Heinrich Sauerborn schlichten, dem Rat sei an einer friedlichen Lösung sehr gelegen. Clas schickte den Boten zurück mit der Nachricht, er lasse sich vom Rat keinesfalls zu irgend einer Schlichtung bestellen, und für das, was er dem Schöffen Sauerborn vorwerfe, habe er Zeugen. Er verschwieg, dass er sich über die Köpfe des Rats hinweg an den Erzbischof gewandt hatte.

Den ganzen Herbst über erhielt er keine Antwort von der kurfürstlichen Kanzlei. Trotzig mied er jedes Zusammentreffen mit dem Rat. Er hatte das starke Bedürfnis, seine körperlichen Kräfte einzusetzen. So verausgabte er sich bis an den Rand der Erschöpfung bei den herbstlichen Arbeiten in seinen Weinbergen. Das verschaffte ihm an manchen Tagen Beruhigung. Während des Winters wartete er immer noch vergeblich auf eine Nachricht. Seine Ungeduld wuchs. Umso rastloser stürzte er sich in die Arbeiten im Kelterhaus und in den Kellern, allein im Keller seines

Hauses „Zum Adler“ lagerten bald 20 Fuder Wein, die ihm gehörten. In den Schänken der Stadt hielt er sich selten auf, die Steipe mied er völlig. Einige seiner alten Freunde hielten weiter zu ihm, darunter der Heinz Speck und Peter von Kuntzig, der vor Jahren das Amt des Zenders innegehabt hatte. Sie ließen sich von Clas in die „Wünnenburg“ einladen und dort von ihm bewirten.

Die lange Zeit der Ungewissheit war für Adelheid schwer zu ertragen. Vor Clas musste sie sich ruhig und zuversichtlich zeigen, seine Zornausbrüche und die Zechgelage im Hause erdulden, doch sie brannte wie er vor Ungeduld.

14.

Im April des folgenden Jahres, man schrieb das Jahr 1484, in der Woche nach dem Osterfest, schien endlich Bewegung in die ungelöste Streitsache zwischen Clas und dem Rat zu kommen. Dem Rat war vor der Steipe ein landesherrliches Schreiben präsentiert worden, darin befahl der Erzbischof, an einem bestimmten Tag, pünktlich in der Frühe, hätten die Ratsmitglieder sich zu einem Treffen mit den kurfürstlichen Räten einzufinden. Über den strittigen Fall des Clas von Zerf solle beraten werden.

Der Rat reagierte verärgert. Auf eine Beratung mit kurfürstlichen Räten über den Fall des Clas von Zerf wolle man sich keinesfalls einlassen. Das seien städtische Angelegenheiten. Nach altem Herkommen habe darüber ausschließlich der Rat zu befinden. Zudem sei Clas von Zerf seinem eigenen Wunsch entsprechend nicht mehr Bürgermeister, es gäbe also nichts zu beraten.

Clas lachte, als er davon erfuhr. „Der Erzbischof wird ihnen zeigen, wer das Sagen hat. Sie werden sehen, wer über ihnen steht."

„Und sie werden sehen, wie Seine Gnaden zu dir steht", sagte Adelheid.

Beide waren sich ihrer Sache sicher, als Clas zu einem weiteren Treffen ins Rathaus geladen wurde. Siegesgewiss kam er nach Hause.

Schon bevor er die Haustür zuwarf, rief er durch das Haus: „Wein, meine Adelheid, Wein auf den Tisch!"

In solch übermütiger Laune hatte sie den Eheherrn lange nicht gesehen. Sie setzte sich mit ihm an den runden Tisch in der Stube. „Erzähle!"

„Beklagt sich der Bürgermeister Selheim, dass ich mich an den Erzbischof gewandt habe. Über den Rat hinweg. Als ob der Rat mir kein Recht verschaffen könne, sagt er." Clas lachte laut auf. „Rät dann der Kurfürstliche, die Sache im Rat auszutragen. Sein Herr, der Erzbischof und Kurfürst, mische sich nicht gerne in Ratsangelegenheiten. Nein und nein, sag ich dann, ich hab Zeugen gegen den Sauerborn, ich bestehe darauf, ich will eine Verhandlung vor kurfürstlichen Räten. Gut, sagt der Kurfürstliche, dann also gleich morgen. Gleich morgen!“

Sie war stolz auf ihn, sie trank ihm zu.

Kein Wanken, keine noch so kleine Unsicherheit, als sie am folgenden Tag vor Gericht unter Eid aussagte: Sie hat es mit eigenen Augen gesehen, wie der Schöffe Heinrich Sauerborn mit Johann Velt vor ihrem Haus auf der Gasse gesprochen hat, und sie weiß es von der Nachbarin Maria Velt, die hat es ihr berichtet, dass Heinrich Sauerborn ihrem Eheherrn, dem Johann Velt, selbst gesagt hat, Clas sei aus dem Rat entlassen, weil er dem Erzbischof Ratsangelegenheiten verraten habe, was der aber, wie sie beschwören kann, ganz gewiss nicht getan hat, und hätte er es getan, dann hat der Rat dennoch nicht das Recht …

Das Gericht unterbrach ungehalten ihren Redefluss, sie presste die Lippen aufeinander und sah die kurfürstlichen Räte trotzig an.

Mit zunehmender Anspannung hörte sie, was die Zeugin Maria Velt aussagte: Ja, Frau Adelheid ist ihre Nachbarin und Gevatterin, und bisher hat sie gute Gevatterschaft mit ihr gehalten, doch davon kann jetzt und fernerhin nicht mehr die Rede sein. Sie schwört bei ihrer ewigen Seligkeit und Gott ist ihr Zeuge, sie hat der Frau Adelheid nur erzählt, dass Herr Heinrich Sauerborn mit ihrem Eheherrn über Herrn Clas gesprochen hat. Aber, bei ihrer Seligkeit, sie hat nicht genau gehört, was die beiden miteinander gesprochen haben, also habe sie es Frau Adelheid auch nicht berichten können, und Frau Adelheid habe sie dazu bewegen wollen, es ihrem Eheherrn im Bett abzulauschen, eine unerhörte Zumutung für eine ehrbare christliche Frau …

Adelheid musste mit anhören, wie die Nachbarin vor den kurfürstlichen Räten ausführlich das Gespräch mit ihr wiedergab. Sie sah die belustigten Blicke der Herren, sah, wie sie schließlich verärgert den Kopf schüttelten. Sie bebte vor Zorn und Scham.

Mit großem Unbehagen hörte sie dann die Aussage des Zeugen Johann Velt: Ja, er hat auf der Gasse mit Heinrich Sauerborn gesprochen. Er hat ihn vorbeigehen sehen, ist in seinem Wams zu ihm hinausgelaufen und hat ihn gefragt, warum Herr Clas nicht mehr zum Rat geladen wird. Heinrich Sauerborn hat ihm gesagt, er wisse den Grund nicht. Er weiß nur davon, dass Herr Clas mit dem anderen Bürgermeister zerstritten ist und einer den andern beschuldigt, dem Erzbischof Ratsgeheimnisse zu verraten.

Adelheid war außer sich. Erkannte das Gericht denn nicht, wie man Clas hier übel wollte? Wie man ihm schaden wollte? Warum gebot es nicht Einhalt? Sie presste die Hände auf den Mund, um nicht laut aufzuschreien. Man ließ Adelheid von Besselich und Clas von Zerf im Stich!

Zwei Tage Aufschub. Zeit um abzuwägen und zu prüfen. Verhandlung geschlossen.

Ohne sich nach ihr umzusehen, stürmte Clas aus

dem Raum. Sie folgte ihm. Weit schritt er aus. Sollte sie etwa ungeleitet nach Hause gehen? Sie lief, um mit ihm Schritt zu halten. In der „Wünnenburg“ betrank er sich. An diesem Tag sprach er nicht mehr mit ihr. Ließ sie allein mit ihrer Enttäuschung.

War das der Dank, den er vom Kurfürsten erwarten durfte, obwohl er ihm die 1000 Gulden geliehen hatte? Die siegesgewisse Miene des Sauerborn. Hatte der vielleicht auf verborgenem Wege seine Hand im Spiel? Dem Heuchler war es zuzutrauen. Und der Clas. Wehrte sich nicht. Betrank sich. Legte sich ins Bett. Wut steig in ihr hoch, als sie ihn da liegen sah. Er schlief geräuschvoll mit offenem Mund, wälzte sich unruhig, warf die Decken von sich.

Sie betrachtete ihn lange. Wie hilflos er doch war. Mein Clas, was tut man dir an. Sie hob die Decken auf und legte sie vorsichtig über ihn. Warte nur, Clas, dachte sie, übermorgen. Du bist der Bürgermeister. Sie werden es nicht wagen, dir ein Unrecht anzutun.

„Heute wirst du sehen, dass Clas von Zerf Recht bekommt“, sagte er, als sie mit ihm am Morgen des nächsten Verhandlungstages das Haus verließ.

Adelheid schwieg. Sie wagte nicht, ihm und sich selbst Mut zuzusprechen. Wäre das nicht ein Zeichen von Unsicherheit gewesen? Nicht den leisesten Zweifel wollte sie sich eingestehen.

Als vor Gericht der Schultheiß zu Beginn der Verhandlung zuerst den Clas, dann auch den Heinrich Sauerborn ausführlich zu Wort kommen ließ, konnte sie kaum ruhig bleiben. Sie grub die Fingernägel der Rechten in den Handrücken der anderen Hand, dass es schmerzte. Als eine Zumutung erschien ihr der Rat des Gerichts an die beiden streitenden Parteien, sich gütlich zu einigen.

„Was gäbe es hier zu einigen!“, rief Clas in den Raum. „Mein Recht will ich! Das Gericht soll Recht sprechen.“

Ob er gelobe, den richterlichen Spruch anzunehmen, fragte ihn der Schultheiß.

„Ich gelobe es, bei meiner Seligkeit. Ich will und werde das Urteil annehmen.“

So spricht ein Mann, dachte sie stolz. So ist es gut, Clas.

Und Heinrich Sauerborn? Ja, auch er bestätigte, er wolle sich dem Richterspruch beugen.

Dann die unerwartete Entscheidung des Gerichts: Wenn Heinrich Sauerborn mit einem Eid beschwören könne, die gegen ihn erhobenen Beschuldigungen entsprächen nicht der Wahrheit, dann müsse man ihm, dem unbescholtenen, bewährten Schöffen, Glauben schenken und ihn von diesen Beschuldigungen freisprechen.

Sauerborn zögerte nicht einen Augenblick. So wahr ihm Gott helfe, er schwöre es beim Heil seiner Seele, er sei nicht schuldig dessen, was Clas von Zerf gegen ihn vorgebracht habe.

Galt er damit nun wirklich als von aller Schuld frei? Unfassbar für Adelheid! Sie suchte den Blick ihres Clas, sah seine Verblüffung, dann seinen unbändigen Zorn. Man hielt ihn an beiden Armen fest, als er das Urteil anhören musste:

Zuerst muss er Abbitte leisten. Er muss dies tun im Palast des Kurfürsten und Erzbischofs, den er dadurch, dass er den hohen Herrn in einen solch schmählichen Prozess hineinzog, schwer beleidigt hat. Danach hat Clas im Gerichtshaus Abbitte zu leisten vor dem Rat und den Gerichtsschöffen und damit auch vor Heinrich Sauerborn. Vor allem ist Clas von Zerf verpflichtet, den geschädigten, das heißt den beleidigten Parteien eine Entschädigung zu zahlen, und zwar an den Kurfürsten und Erzbischof 6000 Gulden, an den Rat der Stadt Trier 6000 Gulden, an den Schöffen Heinrich Sauerborn 1000 Gulden.

Adelheid schrie auf. Zum Clas wollte sie hin. Man hielt sie fest. Geschrei im Gerichtssaal, Rufe nach Ruhe. „Nein und nein! Mein Recht will ich!“, das Gebrüll des Clas. Tumult brach aus. Clas, wo war der Clas?

„Euer Eheherr war nicht zu bändigen. Man hat ihn ins Gefängnis gebracht. Seine Schuld muss er begleichen. Geht nach Hause, Frau Adelheid. Ihr meint es gut mit ihm? Dann seht zu, was Ihr tun könnt.“

Jemand, den sie kaum wahrnahm, führte sie in die Palastgasse. Zu Hause war sie schwer zu beruhigen. Sie schrie, sie schimpfte und zeterte, sie hastete durch das Haus. Trine umsorgte sie wie ein krankes Kind, sie ließ es geschehen. Nach Tagen fasste sie sich. Sie musste den Clas im Gefängnis besuchen, ihm Trost bringen. Es konnte, es durfte nicht sein, dass nun alles verloren war. Nicht nur ihm verloren! Was sollte aus ihr werden, wenn ihr Eheherr in den Augen der Bürger wie ein Ehrloser dastand? Und das große Vermögen, welch unermesslicher Schaden an diesem Vermögen. Sie wollte mit ihm beraten, was nun zu tun sei.

Man wies sie ab. Doch sie gab nicht auf. Ungeduldiges Beharren und Fordern konnten die Bewacher nicht erweichen, das verstand sie schnell. Was heiße hier Bürgermeister, beschied man sie grob, Clas von Zerf sei kein Bürgermeister mehr, sie hätten längst einen andern an seiner Stelle, und sie selber sei nichts mehr als eine Bürgerin wie andere auch. Der Clas müsse nun lernen, sein Maul zu halten. Da solle er brüllen und gegen die Wände laufen, die seien dick und fest.

Sie erschrak, als sie ihn sah. Er stand mit dem Gesicht zur Wand, Kopf und Hände an die Wand gelegt.

„Clas!“

Es dauerte lange, ehe er sich nach ihr umwandte. Sie wollte auf ihn zugehen, vor seinem finsteren Blick wich sie zurück.

Ein heiserer Schrei: „Hol mich hier raus! Du hast mich hierher gebracht!“

„Clas!“

„Euer Weibergeschwätz. Du und dieses verlogene Weib.“

Clas, du weißt nicht, was du sagst, die Worte blieben ihr im Halse stecken. Sie sah seine blinde Wut, seine Hilflosigkeit. Wenn sie ihn jetzt in ihre Arme schließen könnte. Lass uns nachdenken, was ich tun kann, wollte sie ihm sagen, doch kein Wort kam über ihre Lippen. Ich komme wieder, an einem anderen Tag, dachte sie, als sie den Krug Wein, den sie in einem Korb mitgebracht hatte, auf den kleinen Tisch stellte. Sie sah seinen gierigen Blick nach dem Krug. Vergeblich wartete sie darauf, dass er etwas sagte, dann tastete sie nach der Tür hinter sich, pochte mit der Faust auf das Holz. Als von außen geöffnet wurde, ging sie.

Auf dem Heimweg überschlugen sich ihre Gedanken. Das Urteil war gesprochen, daran war nicht zu rütteln. In ihren Augen ein ungerechtes, grausames Urteil. Die Schöffen, der Rat, allen voran der Sauerborn, sie alle hatten Clas voller Verachtung nicht als Ihresgleichen angesehen. Vor ihnen musste er sich nun beugen! Welche Schmach. Diese hochmütige Brut sollte nicht glauben, sie demütigen zu können, sie beide besaßen ein großes Vermögen und Geld, mehr, als die meisten von ihnen je besitzen würden. Große Summen hatten schon oft so manche Tür geöffnet. Und die Zünfte, wenn sie wollten, konnten sie gegen ein solches Urteil Einspruch erheben. Seine Zunft würde zu ihm halten, dessen war sie gewiss.

Der Metzgerzunft gehörte er immer noch an, an die wollte sie sich wenden. Auch an andere Zünfte, wenn es nötig sein würde.

Gleich am folgenden Tag ging sie zum Zunfthaus der Metzger. Sie nahm ein ansehnliches Geldgeschenk mit. Der Amtsmeister möge es verwenden, wie er es für richtig halte, sie vertraue ihm als einem ehrenwerten Manne. Ob man es im hoch angesehenen Metzgerstand nicht als Beschämung empfinde, wie einem der Ihren, und das sei der Clas doch, übel mitgespielt werde. Sie dürfe doch von den Zunftgenossen erhoffen, dass diese dem Clas gegen den Rat beistehen und das ungerechte Urteil nicht hinnehmen würden.

Sie suchte der Reihe nach alle Zunfthäuser der Stadt auf. Ihr Geld nahm man mit Dank. Sie sah in undurchdringliche Mienen, hörte nichtssagende Versprechungen. Ihre Hoffnung schwand, auf diesem Wege etwas bewirken zu können. Wie sollte sie den Clas ermutigen?

Bei ihrem nächsten Besuch im Gefängnis tobte und schrie er. Dennoch gab sie nicht auf und besuchte ihn immer wieder. Sie sah ihn stiller und stiller werden. Müde schien er ihr. Sein Widerstand war gebrochen. Je schwächer sie ihn werden sah, umso mehr Kraft wuchs ihr zu. Fühlte er es?

Mit niedergeschlagenem Blick hörte er schweigend an, was sie sagte: „Sie werden dich erst freilassen, wenn wir dem Urteil zustimmen. Also tun wir es.

Heute noch. Jetzt gleich rufe deine Bewachung. Morgen wirst du in deinem eigenen Hause sein. Ehe ich gehe, will ich es wissen.“

Sieben Wochen hatte Clas im Gefängnis verbracht, dann, es war ein heller Tag im Juni, entließ man ihn. Er bat darum, bis zum späten Abend bleiben zu dürfen. Er wolle auf den Gassen nicht dem Gespött der Leute ausgesetzt sein. Johann Lemge, Trines Ehemann, brachte ihm am Abend eines seiner Pferde. So ritt Clas durch die dunkle Stadt heim zur „Wünnenburg“.

Adelheid öffnete ihm die Tür.

„Meine Adelheid ...“, leise, mit ausgebreiteten Händen.

Sie schloss ihn in die Arme. „Alles ist gut. Morgen. Wir gehen zusammen.“

Sie führte ihn in die Stube. Das Mahl, das sie ihm bereitet hatte, rührte er nicht an. Vom Wein trank er einen Becher. Übermüdet sank er auf sein Bett. Sie bewachte seinen Schlaf.

Am nächsten Morgen erschien Clas mit Adelheid vor dem Rathaus. Einige Ratsmitglieder erwarteten ihn an der Tür, viele Vorübergehende blieben neugierig stehen, und draußen, laut und für alle vernehmlich, musste er es aussprechen: Ja, er, Clas von Zerf, und seine Ehefrau Adelheid von Besselich, erkennen das Urteil des Gerichts an.

Wenn es ihm ernst damit sei und man seinen Worten diesmal Glauben schenken könne, solle er am anderen Morgen in der Frühe wiederkommen, um sie zu wiederholen, entschied man.

Adelheid sah, wie Zorn ihn verfinsterte, sah, wie er nach Atem rang und die Hände zu Fäusten ballte. Jetzt kein unbedachtes Wort! „Wir kommen wieder", sagte sie rasch mit fester Stimme.

Nach Hause nun, schnell, doch nicht hastig. Nicht den Kopf senken. Aufrecht, keinem Blick ausweichen. Nicht umwenden.

Am Morgen des 19. Juni erschienen sie wieder im Rathaus. Sie standen vor den kurfürstlichen Räten, den Ratsmitgliedern, den Schöffen, dem Bürgermeister der Zünfte, Johann Selheim, und dem neuen Schöffenbürgermeister Peter Zederwald. Clas von Zerf und Adelheid von Besselich bestätigten, das Urteil anzuerkennen. Sie mussten schwören, sich nicht zu rächen und kein anderes Gericht anzurufen, auch kein kaiserliches oder päpstliches. Sollten sie wortbrüchig werden, würde ihnen ihr gesamtes Hab und Gut genommen. Außer Adelheid und Clas unterschrieben die kurfürstlichen Räte und mehrere Trierer Bürger als Zeugen das Protokoll.

In der „Wünnenburg" folgten düstere Tage mitten im hellen Sommer. Die Scham über die Niederlage. Gespannte Ungewissheit, wie es nun weitergehen würde. Die Ohnmacht, dem auszuweichen, was jetzt kommen sollte.

Clas hielt sich am liebsten in den dunklen Räumen des Hauses auf. Keinen Schritt tat er vor die Tür, auch nicht an den Sonntagen, um zur Messe zu gehen. Er rumorte planlos im Weinkeller und auf dem Getreidespeicher. Selten einmal konnte Adelheid ihn dazu bewegen, am offenen Fenster der Stube, das zum Garten hinausging, frische Luft zu schöpfen. Er trank oft Wein am helllichten Tag, schon bevor es Abend wurde legte er sich zu Bett und vergrub sich trotz der sommerlichen Wärme in den Kissen.

Adelheid war ratlos im Anblick seiner Schwäche. Wenn er doch geflucht hätte, im Zorn einen Krug zerschmettert hätte. Wo blieben seine alten Freunde? Sie war erleichtert, als einige von ihnen kamen, um ihn aufzusuchen. Er trank mit ihnen, doch nicht so unmäßig, wie er es in früheren Tagen getan hatte, hin und wieder hörte sie sein Lachen, kurz, bitter, keine Spur von dem alten Übermut. Sie selbst verließ für die täglichen Besorgungen zusammen mit Trine das Haus. Aufrecht ging sie, forschte mit Blicken aus den Augenwinkeln, ob man ihr aus dem Weg ging, achtete darauf, ob sie gegrüßt wurde, erwiderte verhalten die Grüße, die man ihr zunickte, zwang sich zu einem Lächeln mit geschlossenen Lippen. „Wie geht es Herrn Clas?“, mit offenem Spott hingeworfen, überhörte sie, scheinbar unbeirrt schritt sie weiter. In der Messe versuchte sie zu beten, doch sie war nicht dazu imstande. Gebete, Messgesänge, Predigten, das Licht brennender Kerzen erreichten sie nicht. Manchmal, hinter verschlossenen Türen, weinte sie.

15.

Dann trat das Unausweichliche ein. Ein Bote erschien in der „Wünnenburg", er bestellte Clas für den 13. Juli in der Frühe in den Palast zu Pfalzel, wo sich der Erzbischof zur Zeit aufhielt. Er wolle nun aus dem Munde des Clas von Zerf die geforderte Abbitte hören.

Endlich erwachte Clas aus seiner dumpfen Niedergeschlagenheit. Endlich ein Aufbegehren! Er wusste, dass es keinen Ausweg gab, groß war seine Furcht vor den Folgen, wenn er sich weigerte, dem Befehl des Erzbischofs zu gehorchen. Laut schrie er seinen Widerwillen heraus gegen das, was von ihm verlangt wurde.

Für Adelheid war es selbstverständlich, ihn auf seinem schweren Gang zu begleiten.

„Nein", sagte Clas, „du sollst nicht sehen, wie ich knien muss."

„Ich werde sehen, wie du wieder aufstehst", sagte sie, „und sie sollen sehen, dass du nicht alleine gekommen bist."

Wortlos schaute er sie an, dann wandte er sich ab. Den Augenblick der Rührung verbarg er.

Mit Anbruch jenes Julitages, nachdem die Stadttore geöffnet waren, machten beide sich zu Pferde nach Pfalzel auf. Sie wollten jedem Aufsehen ausweichen, wollten sich auch vor dem hellen Tag der drückenden Julihitze entziehen, um nicht atemlos und überhitzt vor dem Erzbischof zu erscheinen. Adelheid hatte Clas dazu bewegen können, seine nachlässige Kleidung abzulegen. Das dunkle Gewand des Schöffen bat sie ihn zu tragen: Seine Würde sollte man ihm nicht nehmen! Man sollte sehen, dass er sich nicht entwürdigen ließ, auch wenn er sich beugen musste.

Die Morgenfrische wich mit der höher steigenden Sonne. Rasch nahm die Hitze zu. Vor dem Palast zu Pfalzel wurde Clas erwartet.

„Keine Weiber!" Die Wache wollte sie zurückhalten. „Auf Clas von Zerf wartet man."

Sie reckte das Kinn, sah an der Wache vorbei, umfasste den Arm des Clas. „Adelheid von Besselich, seine Ehefrau, geht mit ihm", sagte sie bestimmt, und sie ging mit ihm, von der Wache begleitet, durch lange Flure, bis man eine breite Doppeltüre öffnete.

Es verschlug ihr den Atem. Stickige, überhitzte Luft. Gemurmel, das bei ihrem Eintreten verstummte. Übervoll mit Menschen der Saal. Eine Woge, die sich teilte. Ein langer Gang mitten durch die Menge. An dessen Ende, auf einem hohen Stuhl mit rotsamtenen Polstern, der Kurfürst und Erzbischof Johann von Baden. Neben ihm auf niedrigeren Stühlen hohe geistliche Würdenträger, darunter der Weihbischof und die Äbte der großen Trierer Abteien. Adelheid spürte, wie den Clas ein Zittern durchlief, sie hörte seinen keuchenden Atem. Sie drückte seinen Arm fester, dann ließ sie ihn los. Was nun zu tun war, musste er alleine durchstehen. Er nahm seine Kopfbedeckung ab, mit beiden Händen krallte er sich hinein.

Eine Hand stieß ihn an, eine leise Stimme zischte: „Geht und tut, wozu Ihr gekommen seid."

Sie blieb an der Tür stehen, als Clas mit kleinen unsicheren Schritten mitten durch die starrenden Menschen auf den Kurfürsten zuging, in geziemender Entfernung blieb er stehen. Der ausgestreckte Arm des Kurfürsten, der streng nach unten deutende Zeigefinger. Clas ließ sich auf die Knie nieder. Wie klein er war, so wie er dort kniete. Weit weg von ihr.

Die harte Stimme des Weihbischofs: „Seine Gnaden warten. Sprecht."

„Euer Gnaden … Euer Gnaden untertänigster Diener …"

„Sprecht! Und sprecht lauter. Man weiß, dass Ihr um laute Worte nicht verlegen seid."

„… untertänigster Diener bittet um Vergebung … um …"

„Was denn nun? Sind Euch die Worte abhanden gekommen?"

„… ich bitte … bitte meinen allergnädigsten Herrn um Gnade …"

„Ihr bittet also. Um Gnade. Die könnten Seine Gnaden Euch wohl gewähren. Doch es fehlt etwas. Ihr wisst, was Seine Gnaden weiter erwarten."

Schweigen. Leises Murren im Saal.

„Ihr wisst es, Clas von Zerf. Also sprecht es endlich aus."

„Ich … ich … verspreche, die Strafe, die …“, seine Stimme versagte.

„Ja, die Strafe. Sie bleibt Euch nicht erspart. Weiter!“

„… verspreche, die Strafe, die man mir … die mir auferlegt wurde, an meinen allergnädigsten Herrn zu zahlen.“

„Da fehlt etwas. So wahr mir – Ihr wisst was fehlt.“

„So wahr mir Gott helfe“, mit immer leiser werdender Stimme.

Die Geste des Kurfürsten mit der Rechten, die Clas bedeutete, nun zu gehen.

Der Weihbischof, als Clas sich nicht rührte: „Es genügt. Seine Gnaden befehlen, dass Ihr geht.“

Schwankend erhob sich Clas. Mit unsicher tastenden Schritten ging er rückwärts aus dem Saal, mitten durch das Menschengewoge, durch das immer lauter werdende Gemurmel. Adelheid zog ihn hinaus. Die Tür wurde hinter ihnen geschlossen.

Im Hof des Palastes wusch sie ihm am Brunnen den Schweiß vom Gesicht, kreidebleich war es trotz der Hitze. Er tauchte seine zitternden Hände in das kühle Wasser. Beide schwiegen. Mit dem Handrücken wischte Adelheid sich Tränen der Wut aus dem Gesicht.

Welch unerhörte Demütigung für Clas. Was erlaubten sie sich, ihn so zu erniedrigen. Vor all den Menschen, die gekommen waren, um ihn knien zu sehen. Sein Stammeln zu hören. Ihn so zur Schau zu stellen. All diesen Blicken preisgegeben.

Man brachte ihnen die Pferde, er stieg auf seines, ohne sich um sie zu kümmern. Er ritt voraus, sie folgte ihm. Hinter Pfalzel verließ er die Straße und lenkte sein Pferd zum Moselufer. Dort stieg er ab. Er band das Pferd an eine Weide, sie tat es ihm nach. Ans Ufer stellte er sich, ein langer Schrei entrang sich ihm, laut hallte er über dem träge fließenden Wasser. Er warf sich bäuchlings ins Ufergras. Mit beiden Fäusten trommelte er auf die Erde, er schrie und schrie, bis ein trockenes Schluchzen aus seiner Kehle drang.

Nie zuvor hatte sie sich so hilflos gefühlt. Sie stand und musste ihn gewähren lassen. Endlich wurde er still.

Er sprang auf. Sie erschrak vor der Härte in seinem Gesicht.

Über den Fluss hin sagte er, und es klang wie ein Fluch: „Tod und Teufel. Ich schwöre es. Clas von Zerf wird vor niemandem mehr knien."

Sie erschauderte.

Schwüle lastete im Moseltal. Schatten flogen über die Wiesen und das Wasser. Dunkle Wolken zogen auf. In der Ferne hörte sie leises Donnergrollen.

Sie wagte es, ihn anzusprechen: „Komm. Wir wollen nach Hause."

Er ritt vor ihr her, ohne sich nach ihr umzuschauen. Wegen des drohenden Gewitters waren die Gassen der Stadt fast menschenleer. Ehe das Gewitter losbrach, erreichten sie die „Wünnenburg".

Bald wusste es die ganze Stadt: Herr Clas hat kniefällig um Vergebung bitten müssen. Ganz klein war das Großmaul geworden. Man gönnte es ihm von Herzen. Nun wartete man gespannt darauf, ihn im Gerichtshaus auch vor dem Rat und den Schöffen auf die Knie fallen zu sehen.

Doch er hatte es sich geschworen: Kein Urteil der Welt würde Clas von Zerf dazu bringen, sich noch einmal selbst zu erniedrigen. Sein Versprechen? Was galt das vor dem Unrecht, das man ihm antat? Er hielt sich an das Versprechen, das er sich selbst gegeben hatte: „Niemals. Und koste es mein Leben."

Immer noch hielten einige seiner Freunde zu ihm. Sie suchten ihn in seinem Hause auf, bis spät in der Nacht gab es nun keine Zechgelage mehr, sondern ein rätselhaftes Hin und Her und lange, leise geführte Gespräche. Adelheid war beunruhigt. Sie wollte erfahren, was vor sich ging. Clas wies sie schroff zurück: „Nichts, was ein Weib wissen soll."

Dann, als es nicht mehr zu verbergen war, musste er es ihr sagen: Wenn er in Trier bliebe, würden sie ihn zwingen, im Gerichtshaus Abbitte zu leisten. Dort knien und um Vergebung betteln? In das höhnisch grinsende Gesicht des Sauerborn sehen? Nein. Lieber sterben. Die hohe Buße zahlen? Nein. Sein Vermögen lässt er nicht durch dieses Unrecht schmälern! Er wird Trier verlassen. Alles ist vorbereitet.

Die Freunde haben für ihn ein Boot mit Ruderern gemietet. Sie schaffen auf das Boot, was er nicht entbehren kann, seine Waffen, Kleidung, Decken, eine Truhe mit allen wichtigen Dokumenten. Er nimmt alles mit, was an barem Geld greifbar ist. Bei Nacht wird er das Haus verlassen. Die Wachen? Nicht schwer, sie zu bestechen. Weg muss er. Weit weg von Trier. Weit weg von seinem Landesherrn und aus dessen Machtbereich. Die Mosel hinauf will er, nach Lothringen. Bis zur Stadt Metz. Auch dort hat er Freunde, auf die er zählen kann, Colyn Huwe, jederzeit wird er ihn aufnehmen. Sie soll aufhören zu jammern. Er wird gehen. Bald. Morgen schon, sobald es Nacht geworden ist.

„Ich lasse dich nicht! Ich gehe mit dir!“ Sie warf sich an ihn und umschlang ihn mit beiden Armen. „Du kannst mich nicht zurücklassen! Wer bin ich ohne dich?“ Er wollte sich aus ihren Armen befreien, doch sie ließ nicht von ihm. Sie wimmerte: „Was wird aus mir …was wird aus mir. Ich gehe mit dir.“

„Und das Haus? Wer soll mein Haus hüten?“, sagte er, als ihr Jammern verstummt war.

„Die Trine und ihr Eheherr, der Johann Lemge. Auf die beiden ist Verlass. Sie werden hüten, was uns gehört. Bis wir wiederkommen.“

Er musste es begreifen, niemals würde er sie davon abhalten können, mit ihm nach Metz zu fliehen.

Julinacht, nur wenige Stunden tiefer Dunkelheit. Trine verabschiedete sie unter Tränen. Meine Trine, dachte Adelheid, als sie die Schwester umarmte, wie ich meines Vaters Tochter. Ich wollte dir wie eine Mutter sein. Doch warst nicht vielmehr du es, die sich um mich gekümmert hat? Habe ich nicht viel versäumt an dir?

Trines kleine Tochter war aufgewacht, mit bloßen Füßchen stand sie neben ihrer Mutter, sie sah Clas und Adelheid aus schlaftrunkenen Augen an. Adelheid tat, was sie noch nie getan hatte, sie nahm das Kind auf den Arm und drückte es an sich, lange hielt sie es fest, ehe sie sich mit ihm hinunterbeugte und es auf die Erde stellte. Das Kind barg sein Gesicht im Rock der Mutter. Adelheid strich ihm übers Haar. „Wir kommen bald wieder“, sagte sie, „Gott schütze dich.“

Abschied in Ungewissheit. Gang durch die dunkle Nacht. Sie hatte geglaubt, mutig zu sein. Doch nun umklammerte Furcht ihr Herz. Sie fühlte sich schutzlos, den Dämonen der Finsternis preisgegeben. „Alle guten Geister steht uns bei“, flüsterte sie. Das große graubraune Tuch, in das sie sich gehüllt hatte, zog sie mit beiden Händen fester um sich. Wortlos ging Clas mit weit ausholenden Schritten neben ihr. Fürchtete er sich nicht? Sie wusste es nicht. Doch das wusste sie: Wer mit Clas ging, musste stark sein. So lief sie mit ihren kleinen Schritten weiter neben ihm bis zum Ufer der Mosel.

16.

In den dunklen Stunden jener Nacht im Juli des Jahres 1484 konnte sie noch nicht wissen, wie viel Stärke ihr abverlangt werden würde während der vielen Jahre, die sie beide fern von Trier verbringen mussten. Jetzt, drei Jahrzehnte später, fühlt sie die Schwäche des zunehmenden Alters. Doch sich die Schwäche einzugestehen darf nicht heißen, ihr nachzugeben! Ist es nicht auch ein Zeichen von Schwäche, an einem feuchtkalten frühen Herbsttag ein Feuer im Kamin anzuzünden, als sei es bereits Winter? Sie sollte bedächtiger mit dem Holzvorrat für den Winter umgehen. Heute darf kein Holz mehr im Kamin nachgelegt werden!

Sie verspürt nach der langen Ruhe den Drang sich zu bewegen, sie steht auf und geht zum Fenster. Der Regen hat nachgelassen. Gleich wird sie sich aufmachen. Noch ist nicht jeder Gang getan, den sie sich für heute vorgenommen hat.

Sie hört Türenschlagen, Stimmen, Schritte im Haus. Die Trine kommt herein.

Adelheid schaut sie fragend an. „Du hast sie gefunden?“

Trine schüttelt den Kopf. „Ein Herr ist gekommen, heißt Jakob zum Reif, sagt er, und er möchte mit Euch sprechen. Er bittet, dass ich ihn zu Euch führe.“

Jakob zum Reif, der Webermeister? Der in diesem

Jahr im Auftrag des Rates Rentmeister der Stadt ist? Sie will hören, was er ihr zu sagen hat.

Herr Jakob begrüßt sie mit vielen Bücklingen und Segenswünschen. Sie nimmt es freundlich hin. Es ist inzwischen üblich geworden, dass ihr auch hochgestellte Persönlichkeiten, zu denen Jakob zum Reif gehört, ergeben entgegentreten. Sie setzt sich mit ihm in die Nähe des Kamins, der im Nachglühen noch eine angenehme Wärme ausstrahlt. Sie lässt ihm Zeit, nach vielen umständlichen Worten zu seinem Anliegen zu kommen.

Und endlich rückt er mit der Sprache heraus: „Ihr wisst, Frau Adelheid, die landesherrliche Obrigkeit versucht immer wieder, sich in Angelegenheiten der Bürger einzumischen. Doch wir lassen uns die städtische Eigenständigkeit nicht nehmen! Gehorsam wem nach Gottes Willen Gehorsam gebührt. Die Bürgerschaft besteht auf ihrem Recht, in ihren eigenen Belangen selbständig zu handeln! Und wer vertritt die Anliegen der Bürgerschaft? Der Rat der Stadt. Hat nicht in den unseligen Auseinandersetzungen mit Herrn Clas …“

Adelheid hebt abwehrend eine Hand und gebietet Jakob zum Reif leise, aber entschieden Einhalt. „Die alten Streitigkeiten sind vergeben und vergessen. Wir wollen nicht daran rühren.“

„Gott sei seiner Seele gnädig“, sagt Jakob zum Reif nachdenklich. Dann, nach einer Weile: „Ihr seid damals aus Metz zurückgekommen, Frau Adelheid, und das war ein Segen für unsere Stadt. Die Bürger, wir alle haben Euch viel zu verdanken.“ Sie schweigt. Abwartend schaut sie ihn an. Er fährt fort: „Mit einer Bitte bin ich zu Euch gekommen, auf Eure Güte vertrauend. Ich hoffe, ich bin nicht umsonst gekommen. Der Rat der Stadt, ich deutete es eben schon an, möchte etwas tun, um der Ehre der Bürgerschaft willen …“

Er zögert weiterzusprechen. Da fragte sie ihn gerade heraus: „Um der Ehre des Rates willen?“

„Ihr sagt es, Frau Adelheid. Auch des Rates willen. Unserm Herrn, Seiner Gnaden, dem Herrn Erzbischof, wollen wir einen Beweis unserer Frömmigkeit, aber auch unserer Selbständigkeit in städtischen Angelegenheiten erbringen. Der Rat gedenkt also eine Ratskapelle zu erbauen. Ich als Rentmeister der Stadt habe es dem Rat in aller Deutlichkeit offengelegt: Aus der Stadtkasse können wir nicht alle Kosten dafür erbringen. Darum bin ich im Namen des Rates zu Euch gekommen, Frau Adelheid, und frage Euch, ob wir eine Zuwendung zum Bau der Kapelle erhoffen dürfen.“

Er weiß genau, denkt Adelheid, dass er sich nicht vergebens an mich wendet. Mein Vermögen ist mir von Gott gegeben, damit es durch mich zum Segen werden kann. Die vielen Schulden der Stadt. Wer soll sie bezahlen? Ich werde meine Stadt nicht im Stich lassen. Diese ausgeblutete, verarmte Stadt. Not, wohin ich schaue. Verwahrloste Gassen. Häuser, die verfallen. Es ist nichts mehr zu essen da für die Bettler und die Elenden, für die Allerärmsten, die Leprosen vor den Toren der Stadt. Ich kann das Haus nicht verlassen, ohne schreckliches Elend vor Augen zu haben. Hilflosigkeit, Verzweiflung wo ich hinschaue. Sorgen tief eingegraben auch in das Gesicht dieses Webermeisters hier in meiner Stube. Selbst die Weber, früher die reichste Zunft der Stadt, sind jetzt verarmt. Vor wenigen Tagen der Webermeister Heinrich auf der Ecken, den Mietzins musste ich ihm stunden, weil er nicht zahlen kann. – Und die geistliche Obrigkeit, den Erzbischof, kümmert ihn die Not der Menschen? Ist es Gottes Wille, dass er seinen Reichtum so gnadenlos festhält? – Die Ratsherren sollen ihre Kapelle haben.

„Ihr schweigt, Frau Adelheid", es klingt wie ein Seufzer.

„Verzeiht", sagt sie mit der Andeutung eines Lächelns, „alte Frauen reden entweder zu viel oder zu wenig. Ihr sollt jetzt mit mir, an diesem kalten Tag, einen Becher gewärmten Wein trinken. Dann sprechen wir über die Kosten für die Ratskapelle."

Als Jakob zum Reif gegangen ist, versinkt Adelheid in Nachdenklichkeit. Was würde Clas dazu sagen, dass sie aus dem gemeinsamen Vermögen den Rat beim Bau einer Kapelle unterstützt? Wie würde dies ihrem Vater, dem Stadtschreiber Peter von Besselich, gefallen? Wäre er stolz auf seine Tochter? Sie selbst empfindet Freude und Stolz darüber, eine gute Bürgerin ihrer Stadt zu sein.

Doch bis dahin war es ein langer Weg.

Verloren fühlte sie sich in der sternklaren Nacht bei der Fahrt auf der Mosel. Das Wasser unter dem Kahn war ihr wie ein Abgrund, eine bedrohliche Tiefe, in der es keinen Halt gab. Wenn doch Clas seinen Arm um sie legte. Er aber hatte anderes im Kopf als seine Ehefrau. Zusammengekauert saß sie, die Arme um den Körper geschlungen, unter ihrem Tuch fröstelnd trotz der lauen Nacht. Das leise Geräusch des fließenden Wassers, der eintauchenden Ruder. Kein Laut von den nahen Ufern, Schlaf über dem Land. In die Stille fielen einzelne kurze Zurufe der Ruderer, ab und zu ein Wort von Clas. Adelheids lautloses Beten: „Ihr alle Engel und Heiligen, haltet fern von uns die Geister der Finsternis zu Wasser und zu Land." Endlos schien die Nacht, bis Morgenlicht von Osten her sich allmählich über den Horizont tastete. Die Dämonen der Angst verloren nach und nach ihre Macht.

Lange schon schwieg der Clas. Adelheid schaute sich nach ihm um. Sie sah ihn zwischen Bündeln und Decken schlafend liegen. Schlafe nur, dachte sie. Werden wir Ruhe finden dort, wo unser Kahn anlegen wird?

Fremd war ihr die Stadt Metz. Clas aber kannte sich hier aus, denn als Metzger hatte er oft sein Schlachtvieh in Lothringen gekauft. Aus den Erträgen seiner Weinberge und Felder lieferte er viele Fuder Wein, Korn und Früchte hierher. Mit Colyn Huwe stand er seit langem in lebhaften Geschäftsbeziehungen. Huwe bewirtschaftete einen alten Herrensitz und gehörte zu den reichen und angesehenen Bürgern. Er hatte gute Beziehungen zu bedeutenden weltlichen und geistlichen Persönlichkeiten, nicht nur in Metz, sondern auch in Trier. In der „Wünnenburg" war er oft zu Gast gewesen. So wie Clas es vorhergesagt hatte, fanden er und Adelheid bei ihm freundliche Aufnahme. Mit seiner Hilfe konnte Clas bald ein stattliches Haus mieten. Seine starke Lebensenergie ließ Clas nicht ruhen. Er knüpfte in Metz an alte Verbindungen an. Adelheid sah verwundert, wie er sich in der neuen Umgebung veränderte. Er zeigte sich gemäßigt und umgänglich. So gelang es ihm, in der Metzer Bürgerschaft Ansehen zu erwerben und Fuß zu fassen. Vor allem im Vieh- und Weinhandel war er tätig. Das Geld, das er aus Trier mitgenommen hatte, eröffnete ihm viele Möglichkeiten, und er nutzte sie.

Doch wie sollte sich Adelheid in der fremden Stadt zurechtfinden? Hier in Metz war es Clas, der etwas galt, sie fand Beachtung nur als die Ehefrau an seiner Seite. Für niemanden spielten hier ihre Herkunft und das Ansehen, das sie in Trier genoss, eine Rolle. Doch sie hatte darauf bestanden, mit ihm zu fliehen. Durfte sie nun unzufrieden sein? Sie war doch da, wo sie sein wollte, bei ihrem Clas. Niemals vorher hatte sie ihre Stadt verlassen, außer zu den Besuchen ihrer Besitztümer in der Umgebung von Trier. Nun überkam sie Heimweh. Was ihr vertraut war, vermisste sie schmerzlich, ihr Haus, ihre Stube, ihr Bett. Die Trine, wie sehr fehlte sie ihr, und alle anderen im Haus. Ihre Gasse, die täglichen Wege zum Markt, in die Gangolfkirche, zum Dom, nach Liebfrauen. Der Klang der Glocken. Die Menschen, die sie seit jeher kannte und mit denen sie Umgang gehabt hatte. Von denen sie geachtet wurde. Sie hoffte, dass es Clas bald möglich gemacht würde, zurückzukehren. Musste sie sich so lange zufriedengeben? Sie wollte wirken und schaffen, wie sie es immer getan hatte, und die sein, die man respektierte.

Clas war nicht nach Metz geflohen, um dort tatenlos auszuharren und abzuwarten, was nun in Trier in seiner Angelegenheit geschehen würde. „Meine Freunde hier sollen wissen, wie man mit mir verfahren ist. Und weiter zu verfahren gedenkt! Doch in Trier soll niemand denken, ich sei hier ohne Beistand. Sie kennen meine Lothringer Freunde nicht! Man wird sehen, wie man sich in Metz für Clas von Zerf einsetzt. Herr Colyn gibt mir Recht. Zum Herzog selbst werde ich gehen. Er wird mir beistehen, gegen die hohe Geistlichkeit und gegen den Rat von Trier. Auch deren Bäume wachsen nicht in den Himmel!"

Die Verbindung zu seinen Trierer Freunden hielt er durch Boten aufrecht, die ihm regelmäßig Nachrichten überbrachten.

„Höre, Adelheid, was ich hier erfahre", sagte er eines Tages mit spöttischem Lachen und schwenkte einen Brief vor ihren Augen. „Man erwartet in Trier tatsächlich, dass ich nachgebe. Bei meiner Seligkeit, niemals! Sie werden es sein, die nachgeben müssen." Sie stimmte ihm zu. Genug der Demütigungen. Wie sehr sie eine Rückkehr ersehnte, verschwieg sie.

Bisher hatte sie Neuigkeiten aus Trier nur von Clas gehört. Sie war vollkommen auf ihn angewiesen. Das widerstrebte ihr. Sie suchte nach Wegen aus der Abhängigkeit. Was in Trier vor sich ging, musste sie aus eigener Quelle erfahren. Was geschah in der „Wünnenburg"? Wäre es möglich, Verbindungen zu knüpfen zwischen hier und dort? Hätte sie sich doch mehr darum bemüht, die Trine das Lesen und Schreiben zu lehren. Wenn sie ihr schriebe, könnte Trine den Brief lesen? Sie musste es versuchen. Ein Bote nahm ihren Brief mit nach Trier. Es kam kein Brief zurück, statt dessen sandte Trine ihren Ehemann, Johann Lemge, als Boten. Endlich eine Verbindung in die „Wünnenburg". Noch oft brachte er in der folgenden Zeit Kunde aus Trier.

Clas wurde ungeduldig. Er hatte zwar in Metz genug Gelegenheit, sich zu betätigen und sich seinen Geldgeschäften zu widmen, doch wäre er gerne zu seinem Besitz zurückgekehrt. Auch seine Freunde in Trier vermisste er. Mit ihnen hatte er ungezwungener umgehen können, sie akzeptierten seine derbe Art Scherze zu machen, selten nahmen sie ihm etwas übel, auch nicht, wenn er sich betrank. In Metz war Colyn Huwe der einzige seiner Freunde, bei dem er es wagte, in guten Stunden seinem Übermut freien Lauf zu lassen.

Während zweier Jahre, die Clas mit Adelheid in Metz lebte, schien sich in seiner Angelegenheit in Trier nichts zu bewegen. Wollte man ihn zum Narren halten? Hoffte man, ihn so zermürben zu können?

Da erhielt er im August des Jahres 1486 aus Trier eine Vorladung. Er werde an einem bestimmten Tag zu bestimmter Stunde im Gerichtshaus zu Trier erwartet. Man verlange endlich seine Abbitte vor dem Rat und vor den Schöffen. Er solle nicht glauben, man würde sie ihm ersparen, und wenn er noch so lange in seinem Trotz verharre. Das Gericht erwarte, er halte sich um seiner Ehre willen an das Versprechen, das gegen ihn ergangene Urteil anzunehmen. Er wisse, welche Folgen es nach sich ziehe, wenn er wortbrüchig werde.

Clas war empört. In den vergangenen zwei Jahren hatte Adelheid ihn nicht so maßlos toben gehört. Abbitte vor den Schöffen? Vor dem Sauerborn? Ungeheuerlich, solches immer noch von ihm zu erwarten. Hatten seine Trierer Freunde ihn nicht wissen lassen, dass auch in Trier der eine oder andere der Meinung sei, das Gericht verfahre zu hart mit ihm und der Schöffe Sauerborn verlange mehr, als ein Mann auf sich nehmen könne? War ihm nicht aus Trier zugetragen worden, dass selbst einige Ratsmitglieder inzwischen dieser Meinung waren?

„Adelheid, Papier, Feder und Tinte. Alles was sie von mir bekommen ist ein Brief: Aus Trier habe man mir mitgeteilt, der Rat verlange von mir keine Abbitte vor dem Sauerborn. Das schreibe. Mehr nicht."

Sie schrieb, er unterzeichnete. Sie ahnte, was folgen würde, doch sie schwieg.

Was sie befürchtet hatte, traf bald darauf ein. Johann Lemge kam nach Metz und berichtete, was geschehen war. In der Stadt hatte sich schnell herumgesprochen, dass der Clas der Vorladung nicht nachgekommen war. Jeder in der Stadt wusste bald von dem Brief, den Clas gesandt hatte. Empörung über seine Mitteilung. Nach eingehender Untersuchung fand sich niemand, der zugegeben hätte, Clas die Botschaft übermittelt zu haben, der Rat verlange seine Abbitte nicht. Dann klopfte es eines Morgens in aller Frühe an der „Wünnenburg", die beiden Bürgermeister der Stadt und einige Vertreter der Zünfte in Begleitung eines Notars verlangten Einlass.

Atemlos berichtete Johann Lemge, was sich daraufhin in der „Wünnenburg" abgespielt hatte: „Wo sind die Schüssel? Die Trine muss die Schlüssel herausrücken. In alle Räume gehen sie, schließen alles auf, alle Türen, alle Truhen, alle Schränke, fassen alles an, alle Töpfe, Pfannen, Schüsseln, Krüge, Kannen, Teller, alles, sie wollen in die Kammern mit den Betten, schreiben alles auf, die Decken und Kissen und Tücher, jedes Ding im Haus. Auf den Dachboden gehen sie, in den Keller. Alles, alles muss Herr Clas hergeben, sagen sie. Die Häuser auch, die Weinberge, die Gärten. Gehört nun dem Erzbischof und dem Rat."

„Und meine Trine?“, schrie Adelheid auf.

„Die Trine weint und weint. Ist meiner Adelheid ihrs, sagt sie. Wenn Adelheid wiederkommt, dann fragt sie: Trine, was ist mit dem, was meins ist.“

Adelheid war außer sich vor Zorn. „Kein Haar sollen sie euch krümmen! Wehe, sie tun euch etwas zuleide! Geh und sorge für sie und das Kind, dass sie nicht schutzlos sind.“

Sie hatte keinen Trost für ihn, als sie ihn zurückschickte. Als Johann Lemge abgereist war, war sie der Verzweiflung nahe. „Ist es möglich, dass sie uns alles nehmen? Wohin sollen wir, wenn wir zurückkehren? Können wir jemals wieder nach Trier zurück?“

Sie sah Clas in seiner ohnmächtigen Wut. Er trank Wein, bis sein Kopf auf den Tisch sank. Was ist aus dir geworden, Clas, und was wird aus mir, zermarterte sie sich das Hirn. Sollen wir fern von allem, was uns lieb ist, zugrunde gehen? Wenn sie sich beide nun dem Unglück ergäben, das endgültig über sie hereingebrochen schien, wären sie verloren. Das durfte, das konnte sie nicht zulassen.

Sie wusste, er hörte es nicht, doch sie neigte sich über ihn und legte ihren Mund an sein Ohr. „Keiner hat das Recht, uns zu nehmen, was uns gehört. Mit Brief und Siegel wurde es uns gegeben“, flüsterte sie. „Wir geben es nicht verloren. Du hast Freunde hier, sie werden an deiner Seite stehen. Es gibt ein höheres Gericht als das zu Trier. Dorthin wenden wir uns.“

Nach Tagen war Clas wieder imstande, neue Entschlüsse zu fassen. „Das Recht ist bei mir. Was mein ist, ist mein. Nie, niemals lasse ich es mir nehmen. An höchster Stelle wird man mir Recht geben“, und in einem Brief, den Adelheid für ihn verfasste, wandte er sich an das kaiserliche Gericht zu Ingelheim.

Aus Trier kam eine neue Nachricht, die ihn erboste: Auch der Erzbischof und der Rat hatten sich an das kaiserliche Gericht gewandt. Er reagierte mit bitterem Spott. Voll brennender Ungeduld wartete er darauf, dass man in Ingelheim seine Sache vorantreibe. Nach Ablauf eines Jahres lag immer noch keine Entscheidung vor. Ihn quälte die Sorge, was bis zu einem endgültigen Urteil mit seinem Besitz geschehen würde. Er wollte nicht weiter tatenlos abwarten. Hatte er nicht einflussreiche Freunde unter den geistlichen Würdenträgern? Er entschloss sich, nun noch die päpstliche Gerichtsbarkeit anzurufen. Auch von dort kam lange keine Antwort.

Jahre der Ungewissheit folgten. Jahre des zermürbenden Kampfes darum, Recht zu bekommen. Langwieriges Hin und Her ohne Ergebnis. Vernehmungen, kostspieliges Herbeischaffen von Rechtsgutachten. Adelheid sah, wie Clas sich immer verbissener in seinen Trotz hineinsteigerte. Oft saß er da, finster vor sich hinbrütend, immer wieder mit den Fäusten auf den Tisch schlagend.

„Ich will … ich muss … ich …“

„Clas, lass uns …“

Er wollte keinen Zuspruch. Ihr blieb nichts anderes übrig als mit ihm auszuharren. Darauf zu hoffen, dass in dem kräftezehrenden Ringen seine Lebenskraft nicht erlosch. Sein Lachen wollte sie wieder hören, mit ihm nach Trier zurückkehren. Metz war ihr fremd geblieben. Das Heimweh nach Trier war immer stärker geworden. Johann Lemge war gestorben, und seitdem gab es niemanden mehr, der ihr Nachrichten aus der „Wünnenburg" überbrachte. Ihren Kummer verbarg sie.

Doch Zweifel stiegen immer stärker in ihr auf, sie ließen sich nicht zurückdrängen: Clas, bist du nicht blind in deinem Starrsinn? Trägst du nicht auch Schuld an unserm Unglück? Und ich, habe ich das nicht sehen wollen?

Dennoch, hier war sie, und hier blieb sie, um bei ihm zu sein. Ihr Platz war an seiner Seite. So musste es sein, und so wollte sie es.

Nach fünf Jahren kam endlich Bewegung in die Sache. Das kaiserliche Gericht hatte den Erzbischof von Mainz mit der Untersuchung des Falles beauftragt. Der hatte diese Aufgabe nach Trier weitergegeben an den Dechanten von Sankt Simeon. Von ihm erhielt Clas die Vorladung zu einem Gerichtstag, um in eigener Sache auszusagen. Ein Hoffnungsschimmer?

Adelheid kannte den Dechanten. Hin und wieder war sie in die Unterkirche von Sankt Simeon, der Kirche für die Bürger, zur Messe gegangen. Zaghaft versuchte sie nun, Clas Mut zuzusprechen: „Der Dechant ist als kluger Mann bekannt. Wenn wir zusammen nach Trier gehen …“

Er schnitt ihr das Wort ab: „Was redest du da. Ich weiß, wie sie über mich herfallen werden. Wer etwas von mir wissen will, weiß wo er mich findet. Was kümmern mich die Trierer. Sie sind in meiner Sache nicht mehr zuständig. Die Entscheidung müssen sie dem päpstlichen Stuhl überlassen. Sie sollen es von meinem Notar schriftlich haben. Mit allen Beweisstücken.“

Die Antwort aus Trier: Clas von Zerf täusche sich, wenn er glaube, Erfolg mit seiner Weigerung zu haben. Man bestehe auf seinem Erscheinen in Trier. Falls er fernbleibe, müsse er hinnehmen, wie entschieden werde, ob es ihm gefalle oder nicht.

Wieder folgten zwei Jahre zermürbenden Wartens.

Im Frühherbst des Jahres 1493 wurde die Stadt Metz von einer Seuche heimgesucht. Eine rätselhafte Krankheit raffte zahlreiche Opfer innerhalb weniger Tage hinweg.

Adelheid sah mit großer Sorge, wie Clas von einem Tag zum andern müde und kraftlos wurde. Er setzte sich fröstelnd an den Kamin, als ob ein Feuer darin brenne, das ihn wärmen könnte. Nach gewärmtem Wein verlangte er, dann, als er ihm nicht zu schmecken schien, nach Wasser, er stürzte es hinunter und verlangte nach mehr. Adelheid brachte ihm schließlich einen Pelz und umhüllte damit seine Schultern, eine Decke legte sie ihm über die Knie, sie spürte das Frösteln, das seinen Körper schüttelte. Sie setzte sich zu ihm und hielt seine Hand, sie war heiß. Er ließ die Berührung zu ohne ein Zeichen der Abwehr. Sie sah in sein bleiches Gesicht, in seine Augen, die auf sie gerichtet waren.

Leise seine Stimme: „Meine Adelheid …“, lange hatte sie es nicht aus seinem Mund gehört, nun machte es ihr Angst. Tränen, um die er nicht zu wissen schien, zogen eine Spur über seine fahlen Wangen.

In der Nacht wachte sie an seinem Bett. Er wälzte sich unruhig. Sie legte ihre Hand auf seine glühende Stirn, mit feuchten Tüchern versuchte sie, ihm Kühlung zu verschaffen. Er redete im Fieber, Flüche, Verwünschungen kamen über seine Lippen, Schreie, wirre Satzfetzen. Nach Stunden fiel er in einen bleiernen Schlaf. Sie betrachtete sein Gesicht, die harten Züge, im unerbittlichen Streit während der letzten Jahre immer schärfer geworden. Bitternis in den Mundwinkeln. Die Narbe auf der Stirn, wie ein Schnitt durch ihn hindurch, wie eine Wunde, die niemals heil werden konnte. Die Locken, wirr und feucht von Schweiß, noch dunkel, doch von Grau durchzogen. So viele Jahre sind uns verloren gegangen, Clas. Wie viel Zeit bleibt uns noch? Bleibt uns noch Zeit?

Schlaf wollte nun auch sie übermannen, doch sie gab dem Verlangen, sich auszuruhen, nicht nach. Seit jeher trug sie ihren Rosenkranz mit sich, den nahm sie hervor und umschloss betend die einzelnen Perlen. „... heilige Maria Mutter Gottes bitte für uns Sünder jetzt und in der Stunde unseres Todes ..." Tod? War es der Tod, der seine Hand auf Clas legte? Eine nie gekannte Bangigkeit erfasste sie. „Heiliger Christophorus! Bewahrer vor einem jähen Tod, der uns ohne das heilige Sakrament ins ewige Verderben stürzt! Hilf! Dem Clas steh bei!" Sie zündete einige Wachskerzen an, Lichter waren imstande, böse Geister fernzuhalten. Dann überließ sie sich einem kurzen Schlaf.

Gleich nach Tagesanbruch sandte sie nach einem Arzt. Zu Clas von Zerf, schnell, man könne alles bezahlen!

„Schickt nach einem Priester", sagte der Arzt, als er Clas sah. „Euer Eheherr braucht einen andern Arzt als ich es bin. Zögert keinen Augenblick. Gevatter Tod wartet in dieser Kammer. Gegen ihn bin ich machtlos."

Clas auf dem Sterbebett. Er bäumte sich auf, Entsetzen im Blick, qualvoll um Atem ringend. Furcht verzerrte seine Züge. Die Sterbesakramente brachten keinen Frieden. Viele Wachslichter zündete Adelheid an und stellte sie an das Fenster nach Westen hin. „Wehre, heiliger Erzengel Michael, den bösen Mächten aus dem Reich der Finsternis. Stärker bist du als der Teufel!" Sie ließ das Hausgesinde, Nachbarn, Freunde in das Sterbezimmer rufen. Viele Beter mussten helfen, der gefährdeten Seele beim Schritt über die Schwelle zwischen den Welten beizustehen. Nie war sie in größerer Gefahr als in diesem Augenblick des Hinübergleitens. Gute und böse Kräfte zerrten an ihr.

Wie Clas gelebt hatte, so starb er, kämpfend bis zum letzten Atemzug. Stundenlanges Ringen, ein letztes Aufbäumen, dann Stille. Kein Friede im erloschenen Blick. Adelheid schloss ihm mit bebender Hand die Lider. Dann öffnete sie die Fenster. In dem Beten, das nicht verstummte, ihr lautes Weinen. Niemand, der mit ihr weinte.

17.

„Zurück nach Hause!" Der Gedanke war so stark wie ihre Trauer. Sie half selbst der Totenwäscherin, den Leichnam zu waschen und mit dem letzten Hemd zu bekleiden. Erstarrt im Schmerz sah sie zu, wie er in den Sarg gelegt wurde. Ein armseliges Leichenbegängnis in der fremden Stadt, kein ehrenvolles Geleit der Zunft, kein Schöffe, kein Ratsherr. Ohne Ehre fremder Erde übergeben. Kaum einer aus Clas' Metzer Bekanntschaft begleitete seinen Sarg. Man hatte sich wenig um die Gerüchte gekümmert, die aus Trier bis nach Metz gedrungen waren. Geschäfte hatte man gerne mit ihm gemacht, auch von seiner Großzügigkeit profitiert. Dennoch war er ein Fremder geblieben.

Stärker denn je war Adelheids Verlangen, nach Trier zurückzukehren. Zunächst musste sie bis zum dreißigsten Tag nach Clas' Tod abwarten. Bis zu diesem Tag war es nötig, sich ganz dem Gebet für den Verstorbenen zu widmen und täglich mit dem Priester an das Grab zu gehen. Jetzt in der Zeit des Übergangs bedurfte die Seele der besonderen Fürbitte. Der Gedanke daran, der Teufel könne sie in den Abgrund der Hölle ziehen, quälte Adelheid von Tag zu Tag mehr. Sie stellte sich die Martern des Fegefeuers vor, denen Clas ausgeliefert war. Ewigkeit, Schreckenswort! Alles, was seiner armen Seele nun helfen konnte, waren ihre Gebete, mehr jedoch die guten Werke, die sie für sein Seelenheil verrichten wollte. In den Träumen ihrer unruhigen Nächte schreckten sie Bilder von Clas, der schreiend vor Angst sich gegen den Tod wehrte. Bilder von feurigen Abgründen, denen er vergeblich zu entfliehen versuchte.

In der fremden Stadt hatte sie wenig Trost in ihrer Trauer zu erwarten. Wollte sie nicht als Witwe dort verkümmern, musste sie heimkehren. Doch vor ihrer Rückkehr musste sie die Gewissheit haben, dass sie in Trier in allen Ehren wieder aufgenommen wurde. Adelheid von Besselich betrat ihre Vaterstadt nicht als Büßerin, ohne Stand und Ansehen! Sie dachte daran, sich an einflussreiche Herren in Trier zu wenden. Doch fürchtete sie, man würde sie als Witwe des Clas von Zerf zurückweisen. Sie durfte nicht unbedacht handeln. Es wäre klug, einen Vermittler für sich eintreten zu lassen. Colyn Huwe stand in hohem Ansehen bei wichtigen Personen zu Trier und zu Metz, ihn wollte sie um Beistand bitten.

Ja, er war mit ihr der Meinung, die Trierer Forderungen an Clas waren unmäßig gewesen. Wegen unbedachter Worte, im Zorn ausgesprochen, einem Bürger von angesehenem Stand sein ganzes Vermögen zu nehmen und ihn damit zugrunde zu richten, das war Unrecht. Ein Mann wie Clas habe nicht anders handeln können, als sich zu wehren. Ja, er habe sich durch die Art und Weise, wie er es tat, selbst ins Unrecht gesetzt. Ja, er sei wortbrüchig geworden. Doch durfte man jetzt seine Witwe dafür büßen lassen?

Colyn Huwe willigte ein, als ihr Fürsprecher und Unterhändler in Trier tätig zu werden. Dies wünschte sie von Herrn Colyn, in ihrem Namen vorzubringen: Die Bürgerin Adelheid von Besselich, Clas von Zerfs Witwe, flehe den Kurfürsten und Erzbischof, die Herren Bürgermeister und Schöffen und den Rat der Stadt Trier an, sie nicht entgelten zu lassen, was ihr Eheherr verschuldet habe. Für alles, was sie und ihr Eheherr gefehlt hätten, bitte sie um Vergebung. Soweit sie es vermöge, wolle sie geschehenes Unrecht gutmachen. Ihr sehnlichster Wunsch sei es, wieder eine Bürgerin in ihrer Stadt und im Besitz ihres Vermögens sein zu dürfen.

War man in Trier zu der Erkenntnis gekommen, dass man in der Auseinandersetzung mit Clas überzogen hatte? Dass auf seinem Rücken auch die schon lange schwelende Rivalität zwischen Erzbischof und Rat der Stadt ausgetragen worden war? Möglich auch, dass von findigem Rechtsbeistand, der zu den Unterhandlungen hinzugezogen wurde, ein Fehler im Verfahren entdeckt worden war. Vielleicht war es auch der Respekt vor ihr, Peter von Besselichs Tochter und Erbin des Mey'schen Vermögens: Unter Mitwirkung zahlreicher einflussreicher geistlicher und weltlicher Herren zu Metz und zu Trier kam es zu einer Versöhnung zwischen Erzbischof und Rat auf der einen Seite und Adelheid von Besselich auf der anderen.

Die Sühneurkunde umfasste mehrere Blätter. Colyn Huwe überbrachte Adelheid eine Abschrift. Eine große Last fiel von ihr ab, als sie in dem umständlichen, weitschweifigen Text las: Zwietracht, Kränkungen, Missgunst, Streit sei man auf beiden Seiten von Herzen leid. Auf ewige Zeiten sollen sie ganz und gar verziehen und vergessen sein. Keiner soll dem andern jemals etwas nachtragen oder vorhalten. Aller Besitz, der ihr und ihrem Eheherrn Clas gehört hatte, werde Frau Adelheid zurückgegeben. Sie sei wieder Herrin über alle ihre Güter und könne sie frei gebrauchen und nutzen, so wie ihr seliger Eheherr vor jener Zwietracht getan habe. Geschrieben am Tage „da man zählte nach Christi Geburt 1493 Jahre am Montag den 26. Tag des Monats November".

Den Winter über musste sie in Metz bleiben, bis

im Frühjahr das Schiff auf der Mosel fahren konnte, das sie nach Trier zurückbringen würde.

Doch sie war während der kommenden Monate nicht ohne Beistand. Colyn Huwe versprach ihr: „Ich werde für alles sorgen, im Gedenken an Clas von Zerf, der mein Freund war. Ja, Frau Adelheid, er war mir lieb. Es ist wahr, es war ihm nicht gegeben, bedächtig und in ruhiger Klugheit zu tun, was getan werden sollte. Ungebärdig oft, bis an die Grenze dessen, was der Anstand gebietet. Doch niemand wird jemals wieder so ausgelassen mit mir lachen. Wie Kinder lachen, so lachten wir oft zusammen. – Sorgt Euch nicht, Ihr werdet nicht ohne Schutz hier sein, auch nicht auf dem Weg nach Trier. Begleitung wird mit Euch reisen und auf Euch achten, bis Ihr in der Sicherheit Eures Hauses seid."

Sie empfand tiefe Dankbarkeit: Da war jemand, der mit ihr Schmerz empfand um Clas. Der etwas in ihm sehen konnte, was liebenswert war.

Es war nun an der Zeit, alles zu regeln, was für den Aufbruch nach neun Jahren in Metz nötig war. Zeit war es auch, am Grab von Clas Abschied zu nehmen. Sie würde wiederkommen, das wusste sie gewiss. Sie würde ihn zurück nach Hause, nach Trier holen. Seine letzte Ruhestätte sollte er dort bekommen, wo er, allen Auseinandersetzungen zum Trotz, zu hohen Ämtern gelangt war.

Aufbruch an einem hellen Morgen. Licht, das den Frühnebel durchdrang. Von Westen her leichter

Wind. Trauer um unwiederbringlich Verlorenes, schmerzliches Zurücklassen, doch Abschied ohne Tränen. Flussabwärts glitt das Schiff über den dampfenden Fluss. Mit geschlossenen Augen wandte Adelheid ihr Gesicht der verschleierten Sonne zu. Noch stand sie tief, noch wärmte sie nicht.

Die Erinnerung an jene Nacht vor neun Jahren war verblasst. Voller Zuversicht fuhr Adelheid im Schutz ihrer Begleiter ihrer Vaterstadt entgegen. Damals war sie Clas in eine ungewisse Zukunft gefolgt, ohne ihn kehrte sie jetzt zurück. Allein auf sich gestellt musste sie nun zurechtkommen. Das ängstigte sie nicht. In der Sühneurkunde stand viel von Verzeihen und Versöhnen, vom Vergessen jahrelanger Streitigkeiten. Würde das, was auf dem Papier stand, im wirklichen Leben möglich sein? Sie hoffte es, ja sie erwartete es.

Unterwegs fuhr ihr Schiff an vielen Kirchen am Moselufer vorbei, an jeder ließ sie anlegen, um sie zu beschenken, denn durch gute Werke ließen sich Vergebung von Schuld und Erlösung erlangen. Als das Schiff sich Trier näherte, erfasste sie heftige Erregung. Ihr Blick suchte im noch unscharfen Bild der Stadt vertraute Umrisse zu entdecken, nach und nach traten sie immer deutlicher hervor: die Stadtmauer, die Spitzen der Kirchtürme, die hoch aufragenden Dächer der Häuser. Mit jeder Einzelheit, die Adelheid erkannte, ließ sie mehr und mehr hinter sich, was vergangen war. Sie war in Sicherheit. Hier war der Ort, an den sie gehörte. Sie fühlte sich frei wie nie zuvor. Nun mochte alles so kommen, wie es wollte, sie war zu Hause. Beherzt setzte sie den Fuß auf den Boden ihrer Stadt.

Einer ihrer ersten Wege führte sie in das Notariat der Hohen Domkirche. Sie brannte darauf, die besiegelte Sühneurkunde in Händen zu halten und selbst ihre Unterschrift darunterzusetzen. Dann erst wären die dunklen Schatten all dessen, was sie in die Ferne getrieben hatte, wirklich geschwunden. Sie betrachtete lange die Unterschriften und die Siegel des Erzbischofs und Kurfürsten Johann von Baden, der Mitglieder des Domkapitels, der Bürgermeister, der Räte und Schöffen. Dann setzte sie in ihrer flüssigen, schön geschwungenen Handschrift darunter: „Adelheid von Besselich in meiner eigenen Handschrift". In das weiche Wachs drückte sie ihr Siegel, ein Bildnis ihrer selbst in weit schwingendem Gewand.

Heimkommen in die „Wünnenburg". An der Eingangstür ihre zitternde Hand am Türklopfer. Ein Aufschluchzen, als Trine öffnete.

„Meine Schwester!", im gleichen Atemzug von beiden Frauen im Witwenkleid. Nie zuvor hatte Adelheid ihre Halbschwester Trine so innig mit beiden Armen umfasst und gehalten. Dann ein langes Betrachten. Neun Jahre hatten deutliche Spuren in die Gesichter gezeichnet.

An Trines Seite stand unsicher das junge Mädchen, fast noch ein Kind, das mit einer Hand nach dem Kleid seiner Mutter griff, als suche es dort Halt.

Adelheid sah es, von Rührung überwältigt: Dieses Mädchen war das Ebenbild ihrer Schwester, die ihr damals im gleichen Alter vom Vater anvertraut worden war.

„Du bist meine Trine", flüsterte sie und schloss Trines Kind in die Arme.

18.

Ihre Trine. Adelheid schaut zu ihr hin. Seit Jakob zum Reif gegangen ist, sitzt sie mit ihr in der Stube, dort am Tisch, ein Nähzeug in den Händen, stumm und hingebungsvoll über ihre Arbeit gebeugt. Das Kind von damals ist längst eine Frau geworden. Sie ist bei Adelheid geblieben, seit sie in die „Wünnenburg" zurückgekehrt ist. „Mutter Adelheid", so hat die Schwester ihre Tochter gelehrt, sie anzusprechen. Während der vielen Jahre ihrer Abwesenheit war Adelheid dem Kind fremd geworden. Einige Tage mussten vergehen, ehe das junge Mädchen die Scheu vor ihr ablegen konnte. Dann schloss es sich ihr von Tag zu Tag enger an. Als es alt genug war, einem Mann angetraut zu werden, wollte es von Heirat nichts wissen. „Ich bleibe bei Euch, Mutter Adelheid", darauf beharrte es. Hätte Adelheid darauf bestehen müssen, sie in die Obhut eines Mannes zu geben? Es gefiel ihr, das Mädchen bei sich zu behalten, es tat ihr wohl, von ihm umsorgt zu werden. So gab sie ihm nach, zumal die Schwester, die ältere Trine, kränkelte und ihre Kräfte nachließen.

Den leisen Vorwürfen, die sich in Adelheids Bewusstsein drängen wollen, gibt sie keinen Raum. Die Trine hat es doch gut bei ihr, und es wird immer für sie gesorgt sein. Adelheids Blick ruht auf dem stillen, über die Arbeit geneigten Gesicht. Trine, du bist hier bei mir, wie gut ist das, denkt Adelheid. Wie viel fehlte mir, wenn du nicht hier wärst. Ich bin froh, dass du da bist.

Hat Trine Adelheids Blick gespürt? Sie schaut auf, die Blicke treffen sich.

„Trine", sagt Adelheid, sie sucht nach Worten, schaut zum Fenster, fährt endlich fort. „Heute Morgen war's duster und kalt. Schau, jetzt ist's heller geworden. Jetzt gehst du wieder mit mir zum Grab. Den Korb mit Brot für die Armen vergiss nicht."

Trine legt die Näharbeit zusammen. Sie geht zum Fenster, öffnet es und lehnt sich hinaus.

„Ja, der Regen hat aufgehört", sagt sie, „wir gehen, Mutter Adelheid."

Das Grab auf dem Kirchhof von Sankt Gangolf. Ein Ort für Clas in seiner Stadt. Dieser Ort fehlte ihr damals, nachdem sie alleine aus Metz zurückgekommen war.

Schnell war sie wieder mit ihrem Zuhause vertraut. Trine hatte die „Wünnenburg" so gut gehütet, wie sie selbst es nicht besser hätte tun können. Die Nachbarschaft in der Palastgasse hatte sie willkommen geheißen. Auch Maria Velt zeigte sich nach den Jahren der Zwietracht versöhnlich, sie nahm Adelheids Geschenk für die Patentochter gerne an.

In der „Wünnenburg“, in der sie ihr Leben mit Clas geteilt hatte, lastete die Trauer um ihn weniger schwer auf ihr. Er war ihr gegenwärtig in den vielen Dingen, die zu ihm gehört hatten. Wenn sie doch an sein Grab gehen könnte, um ihm dort nahe zu sein. Dieser Ort, an den sie ihre Trauer tragen könnte, fehlte ihr. Immer wieder ging sie zum Kirchhof von Sankt Gangolf, als sei da schon eine Stelle für sein Grab bestimmt. Dort an der Mauer? Er sollte heimkehren. Endlich wieder ihr nahe sein. Endlich dazugehören.

Grübelnd sah sie hinauf zum hohen Dach der Kirche. Der Kirchturm war so niedrig, dass er das Dach nicht überragte. Beschämend für eine stolze Bürgerschaft! Nicht hoch genug, um den Glockenklang weit über die Stadt schallen zu lassen. Vor allem nicht hoch genug für den Turmwächter, damit er seinen wachsamen Blick über die Dächer und Gassen bis weit vor die Tore der Stadt schweifen lassen konnte. War es nicht notwendig für die Stadt, einen hohen Wachturm zu haben? Die Stadt war nicht wohlhabend genug, den Turm aufstocken zu lassen, und der Obrigkeit genügten die hohen Domtürme.

Adelheid wusste, was zu tun wäre: An ein einflussreiches Mitglied der Zünfte wollte sie sich wenden,

den Zünften musste doch etwas daran gelegen sein, dass einer der Ihren nach seinem Tod ein ehrenvolles Grab bekam. Zu Heinrich auf der Ecken also, dem Webermeister und Bürgermeister der Zünfte.

„Ihr denkt im Ernst daran, Frau Adelheid, dass wir einen Wortbrüchigen …"

„Ihm ist verziehen worden. Ihr habt die Sühneurkunde selbst unterzeichnet und gesiegelt, Herr Heinrich. Wollt nun Ihr wortbrüchig werden?"

„Ihr solltet nicht zwei sehr verschiedene Dinge als ein und dasselbe betrachten!"

„Ihr messt mit zweierlei Maß?"

„Frau Adelheid …"

Sie sah, dass er um Worte rang. Dies war der günstige Augenblick, auf den sie gewartet hatte.

„Ihr seid ein ehrenhafter Mann, Herr Heinrich. Auch mein Eheherr, Gott hab ihn selig, war von geachtetem Stand, wie Ihr war er Bürgermeister dieser Stadt, zwar nicht wie Ihr als Meister seiner Zunft, sondern als Schöffe, und das eine mag so ehrenvoll sein wie das andere. Mein seliger Eheherr wäre gewiss imstande gewesen, städtische Anliegen aus seinem Vermögen zu unterstützen. Mir als seiner Witwe ist dieses Vermögen zugeeignet dank der Fügung Gottes und des Wohlwollens nicht nur der geistlichen Obrigkeit, sondern vor allem der städtischen Würdenträger. – Was hieltet Ihr davon, mit meiner Hilfe, so viel auch immer nötig wäre, unserer Bürgerkirche am Markt einen ansehnlichen Turm aufzubauen? – Vielleicht, ja, höher als die Türme des Domes. – Wäre es einem Clas von Zerf nicht vergönnt, im Schatten dieses Turmes die Versöhnung zu finden, die ihm urkundlich zugesagt ist?“

Zunächst ungläubiges Erstaunen, dann allmähliches Begreifen. Ja, wenn er allein darüber entscheiden könnte ... Clas von Zerfs Gabe durch die Hand seiner Witwe ... er könne sich vorstellen, dass an angemessener Stelle auf dem Kirchhof von Sankt Gangolf ... Zunftmitglied sei er ja immerhin gewesen ... er müsse Frau Adelheids Vorschlag im Rat besprechen. Auf seine Fürsprache könne sie zählen.

„Ich traue Eurem Wort, Herr Heinrich.“

Auf ihrem Weg zum Kirchhof ist Adelheid mit Trine auf dem Markt angekommen. Sie hält inne und schaut hinauf zum hohen Turm von Sankt Gangolf. Dort oben, über den Schallluken der Glockenstube, unter der Brüstung der Galerie, sieht sie voller Stolz zwei Wappen: das ihres Clas mit dem silbernen Amboss auf blauem Grund, und ihr eigenes, auf rotem Grund die drei goldenen Rosen. Zwei Stockwerke ist der Turm höher geworden, und über dem oberen Stockwerk ragt der mächtige Turmhelm auf, bekrönt von der Laterne an der Spitze.

„Wenn ich doch noch einmal dort oben stehen könnte“, seufzt Adelheid.

„Gott steh uns bei, Mutter Adelheid, Ihr werdet Euch das nicht antun!“

Adelheid lacht. „Keine Sorge, Trine. Das wird nun nicht mehr gehen. Schon damals hat es mir mehr Mühe gemacht, als ich vorher gedacht hatte."

Als der Aufbau des Turmes fertiggestellt war, hat sie darauf bestanden, einmal zum Turmwächter hinaufzusteigen. Der lebt dort oben über dem Geschoss, das von der Galerie mit den vier Ecktürmchen bekrönt wird, unter dem Turmhelm hat er seine Wohnung. Sie überwand die ersten drei Stockwerke über die Stufen im kleinen Treppenturm; mühsam erkletterte sie dann mit Trines Hilfe die beiden nächsten über eine hölzerne Stiege; das letzte erreichte sie schwer atmend über die steinerne Spindeltreppe.

Sie deutet hinauf zur steinernen Brüstung. „Schau, Trine, dort oben standen wir beide. Auf die ganze Stadt haben wir hinabgeschaut. Unser Turm ist sogar höher als die Türme des Domes."

In der Stadt weiß man inzwischen, dass Erzbischof Richard von Greiffenklau darüber verärgert ist: Der Turm der Bürgerkirche überragt die Türme des Domes! Der Erzbischof wird schon bald einen der beiden Westtürme des Domes erhöhen lassen. Das nötige Geld dazu ist da. Die Gaben der Pilger bei den Wallfahrten zur Tunika Christi haben viel Geld eingebracht.

Lange stand Adelheid damals dort oben auf dem Turm von Sankt Gangolf und schaute hinunter auf ihre Stadt. Wohin sie auch sah, überall entdeckte sie Spuren ihres Wirkens. Sankt Matthias erkannte sie, den Pilgerweg dorthin hat sie ausbauen und befestigen lassen. Dort, nahe dem Moselufer, steht die Abtei Sankt Martin, Adelheid hat ihr bald nach ihrer Ankunft in Trier ihre gesamten Besitztümer in Pfalzel übereignet, zu Ehren des heiligen Wohltäters Martin und zum Seelenheil ihres Clas. Neben diesem Kloster hat sie einen Kalvarienberg, in Stein gehauen, aufstellen lassen, den Heiland am Kreuz zwischen den beiden Schächern, ihm zu Füßen seine Mutter Maria und den Jünger Johannes. Die Heiligkreuzbruderschaft, die sich gründete, fand dort ihren Mittelpunkt. Adelheid bat den Erzbischof, von der hohen Domkirche aus den Leidensweg des Heilandes vom Palast des Pilatus bis nach Golgatha den überlieferten Maßen entsprechend ausmessen zu lassen, und dieser Kreuzweg verläuft nun vom Dom über den Markt, durch die Jakobsgasse, durch das Martinstor bis zu dem Kreuz an Sankt Martin. Viele Ablässe über viele Tage sind mit dem andächtigen Begehen dieses Weges an bestimmten Tagen des Jahres verbunden. Sie selbst ist den Weg zu ihrem und des Clas' Seelenheil schon unzählige Male gegangen. Vom hohen Gangolfturm konnte sie auch hinüber nach Sankt Maximin schauen, nach Sankt Maria ad Martyres. Sie hat viel dafür ausgegeben, die Pilgerwege zu diesen Klöstern begehbar machen zu lassen. Ihr Blick folgte der Simeonsgasse hinunter bis nach Sankt Simeon. Ein mächtiges eisernes Geländer die vielen Treppenstufen hinauf zu Doppelkirche hat sie schmieden lassen, um den Bürgern einen sicheren Aufstieg zu verschaffen. Der Kirche hat sie zwei silberne Leuchter geschenkt. Dort die Türme des Domes. Viele hundert Gulden hat sie bezahlt für Messgewänder, Chormäntel, silbernes Gerät, und alle diese Kostbarkeiten hat sie dem Dom geschenkt. Ihr Blick folgt dem Gewirr der Gassen und Gässchen: Wie viele Bittgänge und Prozessionen auf diesen Wegen hat sie gestiftet. Ungezählte Gebete zur Ehre Gottes und all seiner Heiligen, Bitten um Erbarmen und Errettung von der ewigen Verdammnis. Doch immer noch die quälende Frage: Ist es genug?

Unsanfte Stöße reißen sie aus ihren Gedanken. Einige Bettler haben den gefüllten Brotkorb bemerkt, den Trine mit sich trägt. Sie bedrängen die beiden Frauen und strecken schreiend die Hände nach dem Brot aus. Keiner wagt es, in den Korb zu greifen, Trine bricht Stücke von dem Brot und verteilt sie an die Bettler. Es reicht nicht für alle. Flüche und lautes Wehgeschrei. In die leer gebliebenen Hände legt Adelheid kleine Münzen. Einige der Bettler bleiben in gekrümmter Haltung stehen und murmeln ein Vaterunser. Still wartet Adelheid, bis das Gemurmel verstummt, dann drängt es sie, zum Grab zu gehen.

Die beiden Frauen verlassen den Marktplatz, hinter der Mauer empfängt sie die Ruhe des Kirchhofs. Dort an der Kirchenwand lehnte am Morgen der Bettler, den man weggetragen hat. Während sie an

Clas' Grab verweilt, steht ihr das Bild dieses Ärmsten vor Augen. Sie hat ihm nicht mehr helfen können, jetzt fühlt sie sich schuldig. Hat sie genug getan, um ihn zu retten? Das Bettelweib mit seinem Kind geht ihr nicht aus dem Sinn.

Sie sammelt ihre Gedanken, um für das Seelenheil ihres Clas zu beten, um seine Erlösung aus den Martern des Fegefeuers. Gebete ohne Worte, stilles Gedenken. Der Schmerz um ihn ist in den vielen Jahren stiller geworden, doch die Sorge um seine Seele wird sie immer begleiten.

Ein Trost war es damals, dass der Rat der Stadt ihr erlaubte, die sterblichen Überreste von Clas nach Trier heimzuholen. In Ehren sollte er seine letzte Reise auf der Mosel antreten, dafür wollte sie sorgen. Sie ging zum Amtsmeister der Metzgerzunft.

„Meister Peter, Clas von Zerf war Meister seiner Zunft so wie Ihr. Ist es nicht Brauch, den Sarg verstorbener Zunftmitglieder bei ihrem Begräbnis mit dem Sargtuch der Zunft zu bedecken?“

„Es ist richtig, Euer Eheherr war einst Mitglied unserer Zunft. Wollen wir uns darüber streiten, ob er sich immer ehrenhaft an unsere Regeln gehalten hat? In der Stadt spricht man viel über seine Rückkehr nach Trier. Ihr wünscht, wenn ich es richtig errate, zu seinem Begräbnis das Sargtuch der Metzgerzunft? Ja, ich weiß, Frau Adelheid, Ihr tut viel Gutes für die Bürger der Stadt. Selbst einen großen Teil der städtischen Schulden habt Ihr bezahlt, und wir alle haben unsern Nutzen davon. Doch wir als Zunft müssen darauf achten …"

Sie fiel ihm ins Wort. „Gerade für den Stand der Metzger plane ich noch einiges zu tun, Herr Peter. Die Fleischbänke in der Fleischgasse sind doch sehr darauf angewiesen, über frisches sauberes Wasser zu verfügen. Der Stadtbach, kann der immer genügen? Ein Brunnen, aus dem zuverlässig stets frisches Wasser fließt, wäre auf dem Markt nötig. Ich will einen solchen Brunnen bauen lassen, und für seine ständige Wartung, auch in der Zukunft, Geld bereitstellen. – Ich bitte Euch. Das Tuch. Mehr nicht."

„Nun denn. Euch zuliebe, Frau Adelheid."

Sie nahm die Reise nach Metz auf sich, um Clas auf seiner Fahrt zurück nach Trier zu begleiten. Sie selbst säuberte den Sarg von den Resten fremder Erde, die ihn eine Zeitlang geborgen hatte. Dann legte sie das Sargtuch seiner Zunft darauf. Eine stille Fahrt auf der Mosel für Adelheid mit ihrem toten Clas. Still und ohne Aufsehen begrub sie ihn.

19.

So lange sie atmet, wird sie für ihn da sein. Wer wird an seinem Grab stehen, wenn sie selbst es nicht mehr kann? Eines Tages wird in Trier niemand mehr wissen, wo es zu finden wäre. Doch in Sankt Gangolf wird nach ihrem Vermächtnis zu ewigen Zeiten seiner gedacht.

Sie spürt Trines Arm um ihre Schultern. „Bald wird's dunkel sein, Mutter Adelheid, und schaut, die tiefen Wolken. Gleich regnet's wieder. Und Ihr friert ja jetzt schon. Kommt, nach Hause."

Adelheid wirft einen Blick zum Himmel. „Der Regen wird warten", sagt sie. „Zum Dom ist es nicht weit. Es läutet zur frühen Abendandacht."

Trine umfasst sie energischer. „Kommt mit mir. Ihr seid müde. Und Ihr friert. Für heute ist es genug."

„Nein, Trine, gerade heute ist es noch nicht genug." Sie löst sich aus Trines Arm. „Ich bitte dich, komm mit mir."

Trine folgt ihr seufzend, als sie den Kirchhof verlässt. Auf dem Markt bleibt Adelheid einen Augenblick am Brunnen stehen. Fast zwei Jahrzehnte sind es nun her, seit sie ihn der Stadt geschenkt hat. Aus sechs Messingrohren fließt immer klares Wasser in das breite Becken des Brunnens. Sie schickt ein Stoßgebet hinauf zu der steinernen, golden leuchtenden Statue des heiligen Petrus oben auf der Säule inmitten des Brunnens, ehe sie zum Dom geht.

Kühle empfängt sie in dem hohen weiten Raum. Sie spürt ein starkes Verlangen nach Nähe, nach Wärme. So nahe es ihr möglich ist, setzt sie sich neben Trine in eine der hinteren Bänke für die Bürger. Vergeblich sucht sie nach Worten, mit denen sie beten könnte. Doch sie ist es müde geworden. Die Gebete sind in ihr verstummt, sie kann nur noch still sein, schauen, hören. Sie lauscht dem Ave Maria. Den Worten des gesungenen Gebetes kann sie nicht mehr folgen, sie überlässt sich den Melodiebögen des Gesangs.

Ihr Blick schweift durch das Halbdunkel des Raumes. Dort im Altartisch war die Tunika Christi jahrhundertelang verborgen, in einem hölzernen Kasten lag sie. Wie wird sie nun aufbewahrt? Der Custos des Domschatzes hütet das Geheimnis. Adelheid hat sich in den Kopf gesetzt, für eine würdige Aufbewahrung Sorge zu tragen. Damals vor zwei Jahren hat sie sich zu schnell abweisen lassen. Heute noch, das hat sie sich schon am Morgen dieses Tages vorgenommen. Diesmal wird sie klüger vorgehen. Zuerst zu Meister Wolf, dann erst, wenn alles abgesprochen ist, soll der Custos davon erfahren. Sie wird sich am Ende durchsetzen. Ein Kasten aus Silber. Mit Bögen und Spitzen geziert, wie sie in den Kirchen und an den geschnitzten Altären zu finden sind. Das Leiden des Herrn soll dargestellt werden, in pures Silber getrieben. Und eine Inschrift. Bei aller Demut, mit der sie ihre Gabe schenken will, eine Inschrift soll sein. An nicht zu sehr verborgener Stelle soll sie eingraviert werden: „Bete ein Paternoster … für eine Bürgerin von Trier und … für ihre verstorbenen Angehörigen … die diesen Kasten hat machen lassen … von ihrem eigenen Geld … Gott dem Herrn zum Lobe … anno domini

1514“. Ja, so soll es sein. Heute noch zu Meister Wolf. – Für dich, Clas, gerade heute.

Das Ave Maria ist verklungen. Es hält sie nun nicht länger im Dom. Ihren Vorsatz, Meister Wolf heute noch aufzusuchen, will sie sofort in die Tat umsetzen. Sie gibt Trine ein stummes Zeichen und bricht mit ihr auf.

„Komm, Trine“, sagt sie draußen vor dem Eingangsportal, „zu Meister Wolf. Es ist nicht weit.“

Im Grau der hereinbrechenden Dämmerung verlassen die beiden Frauen den Dombering. Aus den tiefhängenden Wolken fällt leichter Regen.

Leise jammert die Trine: „Dunkel wird's sein, ehe wir zu Hause sind. Ich … ich fürchte mich im Dunkeln. Mutter Adelheid, gefährlich ist's für uns beide, wenn's dunkel ist. Und dazu der Regen. Wir könnten morgen, gleich in der Frühe …“

„Nein. Ich will es.“ Adelheid fasst Trines Hand. „Noch ist es nicht dunkel. Wir holen uns jetzt in der „Wünnenburg“ ein Licht, und die beiden Knechte werden mit uns gehen. Komm. Wir wollen keine Angst haben.“

Kaum hat sie mit dem Türklopfer am Eingang ihres Hauses Zeichen gegeben, wird die Tür von innen geöffnet. Sie ist schon im Begriff einzutreten, da nimmt sie im letzten Augenblick im Schlamm der Gasse eine zusammengekauerte graue Gestalt wahr.

Erschrocken schreit sie auf. „Was ist das?“

Ein bleiches Gesicht hebt sich aus den schmutziggrauen Lumpen. Adelheid erkennt es: die Bettlerin, die am Morgen schon vor ihrer Tür hockte. Den ganzen Tag über hat Trine vergeblich nach ihr gesucht.

„Da bist du", Adelheid beugt sich zu ihr hinunter, „da bist du. Du bist zu mir zurückgekommen", flüstert sie. „Und das Kind?"

Die Frau deutet mit einer schwachen Bewegung ihres Kopfes zu dem Bündel in schmutzigen Tüchern, das sie eng an ihren Leib drückt.

„Es lebt?"

Ein schwaches Nicken antwortet ihr.

Adelheid bückt sich zu ihr hinunter, mit beiden Händen umfasst sie ihre Schultern, sie erschaudert vor der kalten Nässe des Kleides.

„Komm, du Arme. Komm mit mir in mein Haus."

Die Frau rührt sich nicht. Sie scheint zu schwach zu sein, um alleine aufzustehen. Mit Trines Hilfe kann sie sich mühsam hochziehen. Als sie endlich auf den Füßen steht, wankt sie, sie lehnt sich an die Hauswand, um nicht zu fallen. Adelheid legt einen Arm um sie und führt sie in die „Wünnenburg".

In der dunklen Eingangshalle lässt sie Lichter anzünden. Sie gibt der Frau Zeichen, sich auf die Bank nahe der Tür zu setzen. Jetzt erst ist zu sehen, wie sehr ihre Kleidung von Schlamm und Kot durchtränkt ist. Widerlicher Gestank geht von ihr aus. Adelheid bemerkt eine Spur von geronnenem Blut an ihren Lippen. Trine nimmt ihr das Kind aus den Armen, sie wickelt es vorsichtig aus den nassen, völlig verschmutzen Tüchern.

„Wie kalt es ist. Wie weiß. Wie mager. Atmet es noch?“ Sie forscht nach seinem Atem. „Es schläft“, sagt sie endlich.

Das Hausgesinde drängt sich stumm gaffend heran. Adelheid richtet ihre Anweisungen an Trine, die wird sie weitergeben, wie sie es für richtig hält: „Nimm Glut aus dem Herd, zünde im Kamin der Stube wieder Feuer an, sorge in der Badestube für warmes Wasser, hole saubere Tücher, ein trockenes Kleid ...“, alles überlässt sie Trines ruhiger Hand.

Sie selbst ist müde, erschöpft. Jetzt erst empfindet sie, wie sehr die Mühen des langen Tages an ihren Kräften zehrten. Sie kann nur noch zusehen, wie andere das tun, was getan werden soll.

Doch wie am Ende eines jeden Tages will sie auch heute die letzte im Hause sein, die sich zur Ruhe begibt. Sie wartet, bis das Feuer im Kamin der holzgetäfelten Stube verglüht ist. Dann löscht sie alle Lichter und geht zu Bett.

Sie lauscht. Stille. Doch in ihr wird es nicht still. Der silberne Kasten für die Tunika Christi? Heute oder morgen, das ist ohne Bedeutung. Heute ist es nicht mehr wichtig. Die Bilder dieses Tages lassen sie nicht zur Ruhe kommen. Die vielen Wege. Gebete. Gedanken, Erinnerungen. Gesichter und Hände. Die Bettlerin und ihr Kind. Sie schlafen heute in einer der vielen Kammern des Hauses. Adelheid wird sie nicht eher gehen lassen, bis sie einen sicheren Ort für beide gefunden hat.

Dieser Tag war, mehr als viele andere Tage, ein Tag für Clas. Sie hat getan, was sie vermochte. Doch sie fürchtet sich wie stets an der Schwelle zur Nacht vor der unbeantworteten Frage, die sie so oft in schweren Träumen bedrängt.

Einmal, an einem neuen Morgen, wird sie ihren Frieden finden, dann, wenn sie die Antwort weiß: Sie hat ihn geliebt, das ist genug.

Adelheid von Besselich gehört zu den bedeutendsten Frauengestalten der Stadtgeschichte Triers. Das Gedenken an diese außergewöhnliche Frau wird, über die Jahrhunderte hinweg, auch heute noch gepflegt.

Was blieb von ihren zahlreichen Stiftungen?

Nur in alten Urkunden sind ihre geistlichen Vermächtnisse bewahrt. Verschwunden sind die Kostbarkeiten, die sie Trierer Kirchen geschenkt hat. Der silberne Kasten, den sie zur Aufbewahrung des Heiligen Rockes herstellen ließ, ging in den Wirren der Französischen Revolution verloren. Der Brunnen auf dem Hauptmarkt wurde bereits Ende des 16. Jahrhunderts durch ein Werk des Trierer Bildhauers Hans Ruprecht Hoffmann ersetzt.

Einige sichtbare Zeichen der Wohltätigkeit Adelheids sind bis in unsere Zeit im Stadtbild vorhanden. Im Herzen der Stadt, zentral am Hauptmarkt, steht die Bürgerkirche St. Gangolf, deren Turm Adelheid erhöhen ließ. Unterhalb der krönenden Galerie befinden sich die Wappen Adelheids und ihres „Eheherrn“ Clas von Zerf. Am Martinskloster nahe dem Moselufer steht die Nachbildung des steinernen „Kalvarienberges“, das Original ist in der Kirche St. Paulus zu sehen. Adelheids wohl schönste Stiftung ist die Darstellung der zwölf Apostel auf den Säulen im Inneren der Liebfrauenkirche. Der Apostel Judas Thaddäus wird nach christlichem Brauch als Helfer in „hoffnungslosen“ Fällen angerufen, zu seinen Füßen kniend, ließ Adelheid sich selbst als fromme Witwe darstellen, den Clas als betenden Büßer. Ein rührendes Bild gläubigen Vertrauens.

Duby, Georges (Hg.), Geschichte des privaten Lebens, Bd. 2: Vom Feudalzeitalter zur Renaissance, Frankfurt 1990.

Ehlen, Hans Wilhelm (Hg.), 500 Jahre Kirchturm St. Gangolf in Trier, Trier 2007.

Ennen, Edith, Die Frau im Mittelalter, in: Kurtrierisches Jahrbuch 21, 1981, S. 70–93.

Heinz, Stefan u. a. (Hgg.), Trier 1512 – Heiliger Rock 2012, Petersberg 2011.

Himmel, Hölle, Fegefeuer. Das Jenseits im Mittelalter. Ausstellungskatalog, hg. von der Gesellschaft für das Schweizerische Landesmuseum), Zürich 1994.

Kentenich, Gottfried, Aus dem Leben einer Trierer Patrizierin, Trier 1909.

Kentenich, Gottfried, Die Geschichte der Stadt Trier von ihrer Gründung bis zur Gegenwart, Trier 1915.

Klapisch-Zuber, Christiane (Hg.), Geschichte der Frauen, Bd. 2: Mittelalter, Frankfurt 1993.

Laufner, Richard, 2000 Jahre Trier und seine Metzger, Trier 1980.

Matheus, Michael, Trier am Ende des Mittelalters, Trier 1984.

Schmid, Wolfgang, Embach, Michael (Hgg.), Die Medulla Gestorum Treverensium des Johann Enen, Trier 2004.

SEIBRICH, Michael, Die Heilig-Rock-Ausstellungen und Heilig-Rock-Wallfahrten von 1512–1765, in: Der heilige Rock zu Trier, hg. von Erich ARETZ u. a., Trier 1995.

WEBER-KELLERMANN, Ingeborg, Die Familie, Frankfurt ²1990.

WUNDER, Heide, „Er ist die Sonn', sie ist der Mond": Frauen in der frühen Neuzeit, München 1992.

Josefine Wittenbecher
Die Frauen von Stuben
^{4}2010. 278 S.
ISBN 978–3–933701–24–4

Die 14jährige Maria Theresia von Sohlern wird von ihren Eltern ins Kloster Stuben abgeschoben. Sie ist sehr unglücklich in dieser von Neid und Missgunst geprägten Zwangsgemeinschaft und setzt alles daran, ihr zu entkommen.

Josefine Wittenbecher
Feuer am Fluss.
Der Fall Eva Zeihen
2004. 261 S.
ISBN 978–3–933701–15–2

Eva Zeihen, eine lebensfrohe Frau aus einem kleinen Dorf nahe der Mosel, gerät in den Verdacht, eine Hexe zu sein.

Josefine Wittenbecher
Tödliche Feuer.
Der Fall Dietrich Flade
2007. 339 S.
ISBN 978–3–933701–27–5

Gegen Dr. Dietrich Flade, der als oberster Richter der Stadt Trier selbst Menschen ins Feuer geschickt hat, kommt es zur Anklage wegen Hexerei und schließlich, 1589, zum Prozess.

Richard Schneider
Trier. Das Bild der Stadt in historischen Photographien
2010. 151 S. – ISBN 978-3-933701-37-4

Die Photographien dieses Buches stammen aus den Beständen der Königlich Preußischen Messbildanstalt und der aus ihr hervorgegangenen Staatlichen Bildstelle. Neben dem großen dokumentarischen Wert zeichnen sich die Aufnahmen durch eine besondere ästhetische Wirkung aus. In ihrer Qualität bis heute unübertroffen, vermitteln sie ein Bild Triers zwischen 1886 und 1928. Eine ausführliche Beschreibung aller Objekte und ein kurzer Abriss der Geschichte der Messbildanstalt runden das Buch ab. Es sind die außergewöhnlichen Bilder einer Stadt, die auf eine über zweitausendjährige Vergangenheit zurückblicken kann und deren bauliche Zeugnisse allgegenwärtig sind.

Katarina Sieh-Burens
Spurensuche
Historische Persönlichkeiten im Dreiländereck
Deutschland – Frankreich – Luxemburg
2012. 199 S. – ISBN 978–3–933701–45–9

In diesem Buch werden zwölf historische Persönlichkeiten vorgestellt, die nach der Französischen Revolution im Dreiländereck Deutschland – Frankreich – Luxemburg entweder geboren wurden, hier lebten oder auf der Durchreise waren: Goethe, Napoleon, Karl Friedrich Schinkel, Friedrich Wilhelm IV., Ernst von Schiller, Karl Marx, Theodor Fontane, Victor Hugo, Wilhelm II., der „Hauptmann von Köpenick“, Stefan Andres, Jean-Paul Sartre und Arno Schmidt. Sie alle haben Spuren unterschiedlichster Art hinterlassen.